全国监理工程师执业资格考试临考冲刺 9 套题

建设工程质量、投资、进度控制

全国监理工程师执业资格考试命题研究组　编

机 械 工 业 出 版 社

本书由 9 套临考冲刺试题组成,是研究组成员在对历年真题试卷进行深刻分析与解读的基础上,严格依据最新考试大纲编写而成的,题型的设置、题量的分布及难易程度完全符合考试大纲要求,极具典型性和代表性。每套试题后均附有参考答案,以便考生参照和检验复习效果。

　　本书适用对象:参加 2009 年全国监理工程师执业资格考试的广大考生。

图书在版编目(CIP)数据

建设工程质量、投资、进度控制/全国监理工程师执业资格考试命题研究组编. —2 版. —北京:机械工业出版社,2008.12

(全国监理工程师执业资格考试临考冲刺9套题)

ISBN 978-7-111-22806-6

Ⅰ. 建…　Ⅱ. 全…　Ⅲ.①建筑工程—质量管理—工程技术人员—资格考核—习题②基本建设投资—工程技术人员—资格考核—习题③建筑工程—施工进度计划—工程技术人员—资格考核—习题

Ⅳ.U712-44　F283-44

中国版本图书馆 CIP 数据核字(2008)第 187833 号

机械工业出版社 (北京市百万庄大街22号　邮政编码 100037)

责任编辑:关正美

封面设计:张　静　责任印制:杨　曦

北京瑞德印刷有限公司印刷(三河市胜利装订厂装订)

2009 年 1 月第 2 版第 1 次印刷

184mm×260mm·8 印张·177 千字

标准书号:ISBN 978-7-111-22806-6

定价:18.00 元

前言

经过十多年的发展，我国的执业资格考试制度不断规范和完善，通过参加考试取得资质证书，成为越来越多的管理和技术人员提升自身业务素质的首选途径，也必将成为增强企业和个人竞争能力的重要砝码。

为帮助广大考生顺利通过 2009 年全国监理工程师执业资格考试，我们特组织国内知名高校、行业协会、企业中一些具有丰富注册资格考试教学、科研、培训等经验的专家学者组成命题研究组，编写了这套 2009 年版"全国监理工程师执业资格考试临考冲刺 9 套题"。

本套丛书共分为《建设工程合同管理》、《建设工程质量、投资、进度控制》、《建设工程监理基本理论与相关法规》、《建设工程监理案例分析》4 个分册，每个分册都由 9 套临考冲刺试题组成。具体的体例安排如下：

冲刺试题：以全国监理工程师执业资格考试标准试卷的形式精心编写，题量和题型的安排符合 2009 年全国监理工程师执业资格考试的要求，题目的选择建立在研究组成员精准预测的基础之上，极具典型性和代表性。通过这些全真模拟试题的"热身"，考生可以提前体验考场氛围，为最后的考试做好冲刺准备。

参考答案：为方便考生检验复习效果和做好临考前的查缺补漏工作，每套试题后均给出了参考答案。针对《建设工程监理案例分析》这门主观科目，还提供了详尽的解题步骤和过程，有助于考生更加全面、准确地掌握考试内容。

为帮助考生全面熟悉考试情况，本套丛书在每个分册的前面均给出了全国监理工程师执业资格考试的说明、注意事项、答题技巧等，考生务必认真阅读，掌握考试形式及要求，为顺利通过考试打下良好基础。

本套丛书是研究组成员在对历年真题试卷进行深刻分析与解读的基础上，严格依据最新考试大纲编写而成的，题型的设置、题量的分布及难易程度完全符合考试大纲要求。建议考生严格遵照考试时间模拟答题，真正发挥试题的模拟功能，体现试题的模拟价值，从而提前进入应试状态。

为了帮助更多的考生顺利通过考试，本系列丛书还免费提供相关考试内容的答疑辅导服务。如果您对本系列丛书中的任何内容有疑问或在复习中遇到疑难问题，均可通过电子邮箱（da_yl82@sina.com）与我们联系，我们将为您提供满意的答复！

最后，祝广大考生顺利通过考试！

全国监理工程师执业资格考试命题研究组

C目O录NTS

全国监理工程师执业资格考试介绍

一、监理工程师执业资格考试科目

科目1：建设工程合同管理（考试时间：120分钟，满分110分）

科目2：建设工程质量、投资、进度控制（考试时间：180分钟，满分160分）

科目3：建设工程监理基本理论与相关法规（考试时间：120分钟，满分110分）

科目4：建设工程监理案例分析（考试时间：240分钟，满分120分）

二、监理工程师执业资格考试成绩管理

成绩实行滚动管理。即参加全部4个科目考试的考生，在连续两个考试年度内通过全部考试为合格；参加2个科目考试的，必须当年通过为合格。

三、监理工程师执业资格考试题型

"建设工程监理案例分析"科目考试题型为主观题，在试卷上作答。其余3科为客观题，在答题卡上作答，试卷卷本可作草稿纸使用。考生应考时，应携带钢笔或签字笔（黑色或蓝色）、2B铅笔、橡皮、计算器（无声，无编辑、存储功能）。

四、监理工程师执业资格考试答题技巧

（一）单项选择题答题技巧

单项选择题由题干和4个备选项组成，备选项中只有1个最符合题意，其余3个都是干扰项。如果选择正确，则得1分，否则不得分。单项选择题大部分来自考试用书中的基本概念、原理和方法，一般比较简单。应试者应全面复习，争取在单项选择题作答中得高分。

应试者在作答单项选择题时，可以考虑采用以下几种方法：

（1）直接选择法。如果应试者对试题内容比较熟悉，可以直接从备选项中选出正确项，以节约时间。

（2）逻辑推理法。当无法直接选出正确项时，可采用逻辑推理的方法进行判断，选出正确项。

（3）排除法。当无法直接选出正确项时，也可通过逐个排除不正确的干扰项，最后选出正确项。

（4）猜测法。通过排除法仍不能确定正确项时，可以凭感觉进行猜测。当然，排除的备选项越多，猜中的概率就越大。单项选择题一定要作答，不要空缺。

（二）多项选择题答题技巧

多项选择题由题干和5个备选项组成，备选项中至少有2个、最多有4个最符合题意，至少有1个是干扰项。因此，正确选项可能是2个、3个或4个。如果全部选择正确，则得2分；只要有1个备选项选择错误，该题不得分。如果答案中没有错误选项，但未全部选出正确选项，选择的每1个选项得0.5分。

多项选择题的作答有一定难度，应试者考试成绩的高低及能否通过考试科目，在很大程度上取决于多项选择题的得分。在没有绝对把握的情况下，可以少选备选项。

与单项选择题的作答相同，多项选择题的作答也可以采用直接选择法、逻辑推理法、排

除法，但要慎用猜测法。应试者在作答多项选择题时首先选择有把握的正确选项，对没有把握的备选项最好不选，宁"缺"勿"滥"。当对所有备选项均没有把握时，可以采用猜测法选择1个备选项，得0.5分总比不得分强。

（三）选择题填涂技巧

应试者在标准化考试中最容易出现的问题是填涂不规范，以致在机器阅读答题卡时产生误差。解决这类问题的最简单方法是将铅笔削好。铅笔不要削得太细、太尖，应将铅笔削磨成马蹄状或直接削成方形。这样，一个答案信息点最多涂两笔就可以涂好，既快捷又标准。

在进入考场拿到答题卡后，不要急于答题，而应在监考老师的统一组织下将答题卡的表头按要求进行"两填两涂"，即用蓝色或黑色钢笔、签字笔填写姓名和准考证号；用2B铅笔涂黑考试科目和准考证号。不要漏涂、错涂考试科目和准考证号。

在填涂选择题时，应试者可根据自己的习惯选择下列方法进行：

（1）审涂分离移植法。应试者接到试题后，先审题，并将自己认为正确的答案轻轻标记在试卷相应的题号旁，或直接在自己认为正确的备选项上做标记。待全部题目做完后，经反复检查确认不再改动后，将各题答案填涂到答题卡上。采用这种方法时，需要在最后留有充足的时间进行答案填涂，以免填涂时间不够。

（2）审涂结合并进法。应试者接到试题后，一边审题，一边在答题卡相应位置上填涂，边审边涂，齐头并进。采用这种方法时，一旦要改变答案，需要特别注意要将原来的选择记号用橡皮擦干净。

（3）审涂记号加重法。应试者拿到试题后，一边审题，一边将所选择的答案用铅笔在答题卡相应位置上轻轻记录（打勾或轻涂），待审定确认不再改动后，再加重涂黑。与审涂分离移植法一样，也需要在最后留够时间进行加重涂黑。

全国监理工程师执业资格考试临考冲刺 9 套题

建设工程质量、投资、进度控制（一）

一、单项选择题（共 80 题，每题 1 分。每题的备选项中，只有 1 个最符合题意）

1. 质量特性是（　　）。
   A. 固有特性
   B. 赋予特性
   C. 不依赖于体系设计和开发而形成的特性
   D. 永久特性

2. 影响质量的"4M1E"因素中的"1E"是指（　　）。
   A. 专家
   B. 经验
   C. 经济
   D. 环境

3. 监理工程师应把技术复核工作列入（　　）及质量控制计划中，作为一项经常性工作贯穿于整个施工过程。
   A. 监理大纲
   B. 监理手册
   C. 监理规划
   D. 监理细则

4. 下列关于建设单位的质量责任的说法，错误的是（　　）。
   A. 建设单位要根据工程特点和技术要求，按有关规定选择相应资质等级的勘察、设计和施工单位，且在合同中必须有质量条款
   B. 建设单位应根据工程特点配备相应的质量管理人员
   C. 建设单位在工程开工后负责办理有关施工图设计文件的审查手续
   D. 建设单位按合同的约定负责采购供应的材料构配件，应符合设计和合同要求，对发生的质量问题承担相应责任

5. 工程质量控制的目的，就是要查找并消除（　　）因素的影响，以免产生质量问题。
   A. 系统性
   B. 偶然性
   C. 随机性
   D. 无法控制

6. 某项目属于一级项目。施工图审查机构在 2008 年 8 月 1 日星期五收到该项目的施工图审查资料，则最迟应当在（　　）前完成审查工作。
   A. 2008 年 8 月 20 日
   B. 2008 年 8 月 30 日
   C. 2008 年 8 月 28 日
   D. 2008 年 9 月 11 日

7. 在工程建设的（　　）阶段，根据建设项目总体需求，形成相关文件，使得工程质量目标和水平具体化。
   A. 施工
   B. 设计
   C. 项目决策
   D. 可行性研究

8. 建设工程由于设计方面的原因造成的质量问题，由（　　）负责维修。
   A. 建设单位
   B. 施工单位
   C. 设计单位
   D. 监理单位

9. 砌筑、钢筋作业劳务分包企业的资质分为（　　）。
   A. 特级、一级
   B. 一级、二级、三级
   C. 一级、二级
   D. 特级、一级、二级

10. 下列关于工程勘察设计单位资质的动态管理核查的说法，正确的是（　　）。
    A. 工程勘察甲级资质应由企业工商注册所在地省级建设行政主管部门审批
    B. 建筑工程设计乙级资质年检结论分为合格和不合格两种
    C. 市政工程设计丙级资质应由企业工商注册所在地省级建设行政主管部门审批

D. 建筑工程设计甲级资质的年检合格结果应报省级建设委员会备案

11. 检验批的合格质量主要取决于对( )的检验结果。
    A. 主控项目 B. 一般项目
    C. 主控项目和一般项目 D. 隐蔽工程

12. 有权要求事故单位整理编写质量事故处理报告,并审核确认,组织将有关技术资料归档的是( )。
    A. 监理工程师 B. 原设计单位负责人
    C. 事故调查组负责人 D. 监理单位监理员

13. 在影响工程质量的因素中,( )是保证工程质量稳定提高的重要因素。
    A. 工程材料 B. 机械设备 C. 方法 D. 环境条件

14. 工程勘察单位在实施勘察工作之前,应结合各勘察阶段的工作内容和深度要求,按照有关规范、规程的规定,结合工程特点编制( )。
    A. 勘察纲要 B. 勘察组织设计 C. 勘察方案 D. 勘察交底

15. 在项目作出投资决策后,控制项目投资的关键在于( )。
    A. 设计 B. 监理 C. 施工 D. 运营

16. 质量事故调查组提出的质量事故处理意见经相关单位研究并完成技术处理方案后由( )审核签认。
    A. 调查组负责人 B. 监理工程师
    C. 设计单位技术负责人 D. 施工单位技术负责人

17. 绘制( )不是目的,而是要根据图中所反映的主要原因,制定改造的措施和对策,限期解决问题,保证产品质量。
    A. 排列图 B. 因果分析图 C. 直方图 D. 控制图

18. 在质量控制的统计分析中,若直方图呈正态分布,则( )。
    A. 可判断产品质量全部合格
    B. 可判断产品质量基本合格
    C. 可判断产品质量部分合格
    D. 还需与标准规格比较才能确定产品是否满足质量要求

19. 质量体系通过认证后,认证机构将发给认证证书和认证标志,该认证标志可( )。
    A. 印在产品包装上 B. 印在产品上
    C. 用于宣传 D. 证明产品质量符合质量标准

20. 在企业资质年检时,若企业资质条件基本符合所定资质等级标准,且过去一年内未发生过四级以上工程建设重大事故或重大违法行为的,则其年检结论为( )。
    A. 优良 B. 合格 C. 基本合格 D. 通过

21. 在投资控制的各项措施中,"明确管理职能分工"属于( )。
    A. 组织措施 B. 技术措施 C. 经济措施 D. 管理措施

22. 项目监理机构协助业主与承包单位签订承包合同属于( )的投资控制工作。
    A. 设计阶段 B. 施工招标阶段 C. 施工阶段 D. 施工准备阶段

23. 在工程项目质量检验评定中,分部工程的基本评定方法能用( )评定。
    A. 综合方法 B. 测评方法 C. 分析方法 D. 统计方法

24. 对生产过程进行动态控制的方法是( )。
    A. 控制图法 B. 排列图法 C. 直方图法 D. 因果分析图法

25. 经总监理工程师书面批准的分包单位承担分包任务的通知应送（　　　）。

    A. 分包单位   B. 设计单位

    C. 建设行政主管部门   D. 总承包单位

26. 监理工程师在现场实际投料拌制时，应做好（　　　）。

    A. 配合比复核   B. 看板管理   C. 资料记录   D. 审核确认

27. 关税属于（　　　）课税。

    A. 流转性   B. 消费性   C. 壁垒性   D. 主动性

28. 由几个施工单位负责施工的单位工程，当其中的施工单位所负责的子单位工程已按设计完成后，（　　　）。

    A. 经自验后在单位工程全部完工后进行正式验收

    B. 可直接移交建设单位，待单位工程全部完工进行验收

    C. 经自行检验，也可组织正式验收，办理交工手续

    D. 不需进行验收，直接办理交工手续

29. 排列图中的每个直方形都表示一个质量问题或影响因素，其影响程度与各直方形的（　　　）。

    A. 高度成正比   B. 高度成反比   C. 宽度成正比   D. 宽度成反比

30. 最高管理者对质量管理体系关于质量方针和目标的适宜性、充分性、有效性和效率进行定期的系统评价是指（　　　）。

    A. 自我评定   B. 质量管理体系过程的评价

    C. 质量管理体系评审   D. 质量管理体系审核

31. 在建筑安装工程费用项目中，工程排污费属于（　　　）。

    A. 措施费   B. 管理费   C. 工程费   D. 规费

32. 某建筑安装工程，其营业额为 5000 万元人民币，则其营业税应为（　　　）。

    A. 100 万元   B. 150 万元   C. 200 万元   D. 250 万元

33. 最高限额成本加固定最大酬金确定的合同中，如果承包商的实际工程成本在报价成本与限额成本之间，则可得到（　　　）的支付。

    A. 成本加酬金   B. 全部成本

    C. 成本、酬金及成本降低额分成   D. 酬金

34. 工程索赔计算时最常用的方法是（　　　）。

    A. 总费用法   B. 修正的总费用法   C. 单价法   D. 实际费用法

35. 如果承包商未能按合同条款指定的项目投保，并保证保险有效，业主可以投保并保证保险有效，业主所支付的必要保险费可在应付给承包商的款项中扣回。这类索赔属于业主向承包商进行的（　　　）索赔。

    A. 质量不满足合同要求的   B. 承包商不履行保险费用的

    C. 对超额利润的   D. 对指定分包商的

36. 工程业主情况、设计单位情况、咨询单位情况也影响着建设工程投资，这说明（　　　）也是影响建设工程投资的重要因素。

    A. 工程技术文件   B. 要素市场价格信息

    C. 建设工程环境条件   D. 国家的有关规定

37. 某新建项目，建设期为 2 年，估计需向银行贷款 2000 万元，贷款时间安排为：第 1 年 1000 万元，第 2 年 1000 万元。年利率为 10%，用复利法计算该项目建设期贷款利息为

（　　）万元。

    A. 310   B. 300   C. 205   D. 200

38. 如果由于设计方案发生重大变更，使预算严重突破批准的概算，则（　　）。

    A. 设计变更产生的费用全部由基本预备费解决

    B. 应在不超过总投资的前提下，严格控制设计变更

    C. 应重新编制或修改初步文件，另行编制修改初步设计的概算报原审批单位审批

    D. 应在不超过总投资的前提下，重新编制或修改初步文件

39. 当工程总报价确定后，通过调整工程量清单内某些项目的单价，使其不影响中标，但又能在结算时获得较好的经济效益的投标报价技巧称为（　　）。

    A. 多方案报价法   B. 不平衡报价法   C. 先亏后盈法   D. 内部协调法

40. 由于特殊恶劣气候，导致承包商工期延长和成本上升，则承包商有权索赔（　　）。

    A. 成本，但不包括工期   B. 工期，但不包括成本

    C. 工期、成本，但不包括利润   D. 工期、成本和利润

41. 联动无负荷试车费属于（　　）。

    A. 建设单位的设备购置费   B. 建设单位的联合试运转费

    C. 建设单位的研究试验费   D. 施工单位的设备安装工程费

42. 某建筑安装工程，其营业额为 5000 万元人民币，则其教育费附加应为（　　）万元。

    A. 1.5   B. 4.5   C. 6   D. 7.5

43. 建设工程进度控制的总目标是（　　）。

    A. 按时投入使用   B. 提前交付使用   C. 如期进行竣工验收   D. 建设工期

44. 在最高限额成本加固定最大酬金合同中，承包商得到成本和酬金，说明其实际成本（　　）。

    A. 低于规定的最低成本   B. 在规定的最低成本和报价成本之间

    C. 在规定的报价成本和最高限额之间   D. 超过最高限额成本

45. 根据《建设工程施工合同（示范文本）》中约定的工程变更价款的确定方法，当合同中只有类似于变更工程的价格，可以（　　）变更合同价款。

    A. 按合同已有的价格   B. 参照类似的价格

    C. 由承包人提出适当的变更价格   D. 由工程师提出适当的变更价格

46. 进口设备外贸手续费的计算公式为：外贸手续费＝（　　）×人民币外汇牌价×外贸手续费率。

    A. 离岸价   B. 离岸价＋国外运费

    C. 离岸价＋国外运输保险费   D. 到岸价

47. 进行项目的财务评价时，对投入物、产出物采用的是（　　）。

    A. 现行市场交换价格   B. 物价部门颁布的计划价格

    C. 影子价格和市场交换价格结合   D. 影子价格

48. 某企业拟建一幢宿舍楼，预计建设工期为半年，在与承包方签订工程承包合同时已具备了施工详图和详细的设备材料清单，这类工程适宜采用（　　）合同形式。

    A. 固定总价   B. 估计工程量单价   C. 可调总价   D. 可调单价

49. 设计单位的进度计划系统不包括（　　）。

    A. 设计总进度计划   B. 阶段性设计进度计划

    C. 设计招标投标进度计划   D. 设计作业进度计划

50. 初步设计（技术设计）工作进度计划一般按照（　　）编制。
　　A. 单项工程　　　　　B. 单位工程　　　　　C. 分部工程　　　　　D. 分项工程

51. 编制按（　　）分解的资金使用计划，通常可利用控制项目进度的网络图进一步扩充得到。
　　A. 子项目　　　　　　B. 时间进度　　　　　C. 投资构成　　　　　D. 形象进度

52. （　　）是指建筑安装企业组织施工生产和经营管理所需的费用。
　　A. 措施费　　　　　　B. 规费　　　　　　　C. 企业管理费　　　　D. 其他直接费

53. 编制设备安装工程概算时，当初步设计的设备清单不完备，或仅有成套设备的重量时，
　　可采用（　　）编制概算。
　　A. 概算指标法　　　　　　　　　　　　　　　B. 扩大单价法
　　C. 预算单价法　　　　　　　　　　　　　　　D. 设备费的百分率法

54. 针对一个没有先例的新工程或工程内容及其技术经济指标尚未全面确定的新项目，一般
　　采用（　　）。
　　A. 固定总价合同　　　　　　　　　　　　　　B. 可调总价合同
　　C. 估算工程量单价合同　　　　　　　　　　　D. 成本加酬金合同

55. 在审查施工图预算时，可按预算定额顺序或施工的先后顺序进行审查的方法是（　　）。
　　A. 逐项审查法　　　　B. 分解审查法　　　　C. 施工顺序审查法　　D. 重点审查法

56. 某新建项目包含两个单项工程，则该项目新增固定资产价值的计算应以（　　）为对象。
　　A. 建设项目　　　　　B. 单项工程　　　　　C. 单位工程　　　　　D. 分部工程

57. 各项工作之间的先后顺序关系是工作的（　　）。
　　A. 逻辑关系　　　　　B. 衔接关系　　　　　C. 紧前关系　　　　　D. 工艺关系

58. 政府、勘察、设计单位、建设单位都要对工程质量进行控制，按控制的主体划分，政府
　　属于工程质量控制的（　　）。
　　A. 自控主体　　　　　B. 外控主体　　　　　C. 间控主体　　　　　D. 监控主体

59. 在流水施工方式中，加快的成倍节拍流水施工的特点之一是（　　）。
　　A. 相邻专业工作队之间的流水步距相等，且等于流水节拍的最大公约数
　　B. 相邻专业工作队之间的流水步距相等，且等于流水节拍的最小公倍数
　　C. 相邻专业工作队之间的流水步距不尽相等，但流水步距之间为倍数关系
　　D. 相邻专业工作队之间的流水步距不尽相等，但流水步距是流水节拍的倍数

60. 在工程网络计划过程中，如果只发现工作 P 进度出现拖延，但拖延的时间未超过原计划
　　总时差，则工作 P 实际进度（　　）。
　　A. 影响工程总工期，同时也影响其后续工作
　　B. 影响其后续工作，也有可能影响工程总工期
　　C. 既不影响工程总工期，也不影响其后续工作
　　D. 不影响工程总工期，但有可能影响其后续工作

61. 工程总费用由直接费和间接费两部分组成，随着工期的缩短，会引起（　　）。
　　A. 直接费和间接费同时增加　　　　　　　　　B. 直接费增加，间接费减少
　　C. 直接费和间接费同时减少　　　　　　　　　D. 直接费减少，间接费增加

62. 在建设工程施工阶段，监理工程师控制进度的工作内容包括（　　）。
　　A. 编制施工图供图进度计划　　　　　　　　　B. 按年、季、月编制工程综合计划
　　C. 编制分部工程施工进度计划　　　　　　　　D. 编制各项资源需要量计划

63. （　　）属于监理工程师控制建设工程进度的组织措施。

A. 协调合同工期与进度计划之间的关系　　B. 编制进度控制工作细则

C. 及时办理工程进度款支付手续　　D. 建立工程进度报告制度

64. 基础工程划分 4 个施工过程（挖基槽、作垫层、混凝土浇筑、回填土），在 5 个施工段组织固定节拍流水施工，流水节拍为 3 天，要求混凝土浇筑 2 天后才能进行回填土，该工程的流水施工工期为（　　）天。

A. 39　　　　　　B. 29　　　　　　C. 26　　　　　　D. 14

65. 在网络计划中，某工作与其紧后工作之间的时间间隔应等于该工作紧后工作的（　　）。

A. 最早开始时间与该工作最早完成时间之差

B. 最迟开始时间与该工作最早完成时间之差

C. 最早开始时间与该工作最迟完成时间之差

D. 最迟开始时间与该工作最迟完成时间之差

66. 在双代号时标网络计划中，若某工作箭线上没有波形线，则说明该工作（　　）。

A. 为关键工作　　　　　　　　　　B. 自由时差为零

C. 总时差等于自由时差　　　　　　D. 自由时差不超过总时差

67. 在工程网络计划的执行过程中，如果需要确定某项工作进度偏差影响总工期的时间，应根据（　　）的差值进行确定。

A. 自由时差与进度偏差　　　　　　B. 自由时差与总时差

C. 总时差与进度偏差　　　　　　　D. 时间间隔与进度偏差

68. 某分部工程双代号网络计划如下图所示，其关键线路有（　　）条。

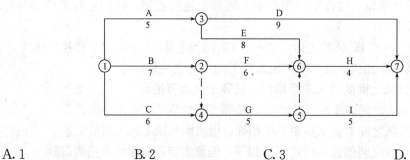

A. 1　　　　　　B. 2　　　　　　C. 3　　　　　　D. 4

69. 流水强度是指（　　）。

A. 某施工过程（专业工作队）在单位时间内所完成的工程量

B. 某施工过程（专业工作队）在计划期内所完成的工程量

C. 整个建设工程在计划期内单位时间所完成的工程量

D. 整个建设工程在计划期内投入的多种资源量所完成的工程量

70. 工程开工前，应由（　　）到工程质量监督站办理工程质量监督手续。

A. 施工单位　　　　　　　　　　　B. 监理单位

C. 建设单位　　　　　　　　　　　D. 监理单位协助建设单位

71. 在工程网络计划中，如果某工作的自由时差刚好被全部利用时，则会影响（　　）。

A. 本工作的最早完成时间　　　　　B. 其平行工作的最早完成时间

C. 其紧后工作的最早完成时间　　　D. 其后续工作的最早完成时间

72. 当实际施工进度发生拖延时，为加快施工进度而采取的组织措施可以是（　　）。

A. 改善劳动条件及外部配合条件　　B. 更换设备，采用更先进的施工机械

C. 增加劳动力和施工机械的数量　　　　D. 改进施工工艺和施工技术

73. 在某大型建设工程施工过程中，由于处理地下文物造成工期延长，所延长的工期（　　）。

A. 应由施工承包单位承担责任，采取赶工措施加以弥补

B. 应经监理工程师核查证实后纳入合同工期

C. 经监理工程师核查证实后，其中一半时间应纳入合同工期

D. 不需监理工程师核查证实，直接纳入合同工期

74. 一般的成倍节拍流水施工改变为加快的成倍节拍流水施工时，应采取的措施是（　　）。

A. 重新划分施工过程数　　　　　　　　B. 改变流水节拍值

C. 增加专业工作队数　　　　　　　　　D. 重新划分施工段

75. 在某工程双代号时标网络计划中，除以终点节点为完成节点的工作外，某工作箭线中的波形线的水平投影长度表示（　　）。

A. 某工作的总时差　　　　　　　　　　B. 某工作与其紧前工作之间的时间间隔

C. 某工作的持续时间　　　　　　　　　D. 某工作与其紧后工作之间的时间间隔

76. 在工程网络计划执行过程中，如果发现某项工作的完成时间拖后而导致工期延长时，需要调整的工作对象应是该工作的（　　）。

A. 平行工作　　　　B. 紧后工作　　　　C. 后续工作　　　　D. 先行工作

77. 建设工程质量的特性中，"在规定的时间和规定的条件下完成规定功能的能力"是指工程的（　　）。

A. 耐久性　　　　　B. 安全性　　　　　C. 可靠性　　　　　D. 适用性

78. 某分部工程双代号时标网络计划如下图所示，其中工作 A 的总时差和自由时差（　　）天。

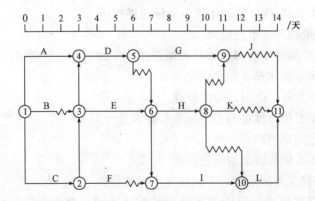

A. 分别为 1 和 0　　　B. 均为 1　　　　C. 分别为 2 和 0　　　D. 均为 0

79. 工程项目建设的各阶段对工程项目最终质量的形成都产生重要影响，其中项目决策阶段是（　　）。

A. 确定项目质量目标与水平的依据　　　B. 确定项目应达到的质量目标与水平

C. 将项目质量目标与水平具体化　　　　D. 确定项目质量目标与水平达到的程度

80. 造成工程质量终检局限性的主要原因是（　　）。

A. 隐蔽工程多　　　B. 检验项目多　　　C. 工序交接多　　　D. 影响因素多

二、多项选择题（共 40 题，每题 2 分。每题的备选项中，有 2 个或 2 个以上符合题意，至少有 1 个错项。错选，本题不得分；少选，所选的每个选项得 0.5 分）

81. 下列选项属于工程材料的是（　　）。

A. 建筑材料   B. 建筑构配件

C. 建筑半成品   D. 电梯等工程实体配套设备

E. 施工机械

82. 建设工程及其生产的特点是( )。

    A. 产品的正外部性，生产的负外部性

    B. 产品的固定性，生产的流动性

    C. 产品的多样性，生产的单件性

    D. 产品的社会性，生产的外部约束性

    E. 产品形体庞大、高投入、生产周期长、具有风险性

83. 勘察阶段监理工程师对勘察现场作业的质量控制，应重点检查的内容包括( )。

    A. 勘察工作方案执行的情况   B. 现场作业人员的情况

    C. 原始资料取得的方法、手段   D. 项目技术管理制度是否健全

    E. 原始记录表格应按要求填写清楚，并经有关作业人员检查、签字

84. 施工图审查的主要内容包括( )。

    A. 建筑物的稳定性审查   B. 施工图是否达到规定的深度要求

    C. 是否符合技术合理性要求   D. 是否损害公众利益

    E. 是否符合经济合理性的要求

85. GB/T 19000—2000 族核心标准由( )四部分组成。

    A. GB/T 19000—2000 质量管理体系—质量标准

    B. GB/T 19001—2000 质量管理体系—要求

    C. GB/T 19000—2000 质量管理体系—基础和术语

    D. GB/T 19004—2000 质量管理体系—业绩改进指南

    E. ISO 19011 质量和环境审核指南

86. 施工图设计阶段，监理工程师对设计图纸进行审核的主要内容包括( )。

    A. 使用功能和质量要求是否得到满足

    B. 设备选型是否先进、适用、经济合理

    C. 各专业设计是否符合预定的质量标准和要求

    D. 各专业设计之间是否协调一致

    E. 建设法规、技术规范要求的满足程度

87. 关于建筑工程保修义务的承担，下列叙述正确的是( )。

    A. 因施工单位未按照设计要求施工造成的质量问题，由施工单位负责返修并承担经济责任

    B. 由于设计方面的原因造成的质量问题，由施工单位负责维修

    C. 因建筑材料、构配件和设备质量不合格引起的质量问题，由施工单位负责维修

    D. 因建设单位（含监理单位）的错误管理造成的质量问题，由施工单位负责维修

    E. 因使用单位使用不当造成的损坏，由施工单位负责维修

88. 申请方、受审核方或获证方对认证机构的各项活动持有异议时，可( )。

    A. 向仲裁机构提出仲裁   B. 向其认证机构提出申诉

    C. 向其认证机构上级主管部门提出申诉   D. 向人民法院起诉

    E. 向申请单位上级主管部门提出申诉

89. 监理单位对勘察单位提出的勘察成果，重点检查其( )的要求，验证其真实性、准

确性。

A. 是否符合委托合同
B. 是否符合有关技术规范标准
C. 是否符合勘察实施方案
D. 是否符合监理单位
E. 是否符合勘察费用

90. 进行工程质量事故处理的主要依据包括( )。

A. 质量事故的资料
B. 有关合同及合同文件
C. 有关的技术文件和档案
D. 相关的建设法规
E. 相关的技术规范

91. 建设工程勘察工作方案应( )。

A. 由项目负责人主持编写
B. 由项目法人审批、签字并加盖公章
C. 体现规划、设计意图
D. 如实反映现场的地形和地质状况
E. 做到项目技术管理制度健全，各项工作质量责任明确

92. 监理工程师对施工现场劳动组织及作业人员上岗资格的控制主要是( )。

A. 检查从事作业活动的操作者数量是否满足需要、工种配置是否合理
B. 检查作业活动的直接负责人、专职质检人员是否在岗
C. 检查紧急情况的应急处理规定
D. 检查和核实从事特殊作业的人员是否持证上岗
E. 相关制度的落实情况

93. 建设投资由( )等组成。

A. 设备工器具购置费
B. 工程建设间接费
C. 建筑安装工程费
D. 工程建设其他费
E. 预备费

94. 在可行性研究报告中，项目评价内容主要包括( )。

A. 财务评价
B. 国民经济评价
C. 环境影响评价
D. 市场及拟建规模评价
E. 社会评价

95. 下列关于建设项目投资风险分析的表述，正确的是( )。

A. 投资回收期越长，项目抗风险能力越强
B. 投资回收期越长，项目抗风险能力越弱
C. 敏感性因素越不敏感，项目的风险越大
D. 盈亏平衡点产量越高，项目抗风险能力越弱
E. 盈亏平衡点产量越高，项目抗风险能力越强

96. 监理工程师受业主委托实施全过程监理时，在建设工程设计准备阶段进度控制的任务有( )。

A. 进行环境及施工现场条件的调查和分析
B. 编制设计阶段工作计划及详细的出图计划
C. 收集有关工期的信息，协助业主确定工期总目标
D. 编制工程项目总进度计划及年、季、月实施计划
E. 编制工程项目前期工作计划及总进度计划

97. 建设工程措施项目清单的通用项目包括( )。

A. 临时设施
B. 施工机械修理

C. 工地材料保管   D. 已完工程及设备保护

E. 施工排水、降水

98. 下列选项属于建设工程投资特点的有（   ）。

A. 建设工程投资差异明显   B. 建设工程投资确定依据复杂

C. 建设工程投资需动态跟踪调整   D. 建设工程投资确定层次繁多

E. 建设工程投资在时间、空间上离散性大

99. 建筑安装工程直接费中的人工费包括（   ）。

A. 因气候影响的停工工资   B. 生产工人工资性补贴

C. 生产工人学习期间的工资   D. 因业主修改设计影响的停工工资

E. 因电力部门连续停电超过 8 小时的停工工资

100. 在建设工程投资动态控制过程中，应着重做好的工作包括（   ）。

A. 及时对工程进展做出评估

B. 对目标偏差的可能性和影响程度作出判断

C. 对计划目标值进行论证和分析

D. 进行项目计划值与实际值的比较，以判断是否存在偏差

E. 采取控制措施以确保投资控制目标的实现

101. 建设工程竣工决算时，计入新增固定资产价值的有（   ）。

A. 土地征用及迁移补偿费

B. 可行性研究费

C. 土地使用出让金

D. 达到固定资产标准的设备工器具的购置费用

E. 已经投入生产或交付使用的建筑安装工程造价

102. 按照《建筑安装工程费用项目组成》（建标［2003］206 号）的规定，规费包括（   ）。

A. 安全施工费   B. 环境保护费

C. 工程排污费   D. 工程定额测定费

E. 住房公积金

103. 在保修期内，由于施工单位的原因，项目出现了质量问题，原施工单位又不能及时地检查修理，影响了使用，造成了一定的损失，业主对此（   ）。

A. 可以另行委托其他施工单位进行维修，其费用由原施工单位负责

B. 不能另行委托其他施工单位，但可就造成的损失提出索赔

C. 不仅可以另行委托其他施工单位，还可就造成的损失提出索赔

D. 原施工单位质量问题处理后，如预留的保修费用有所剩余，至保修期满应将所剩余的保修费用结付给原施工单位

E. 因原施工单位在保修期内严重违约，保修关系应予解除，剩余的保修费用不再结付给施工单位

104. 由于业主原因，工程暂停 1 个月，则承包商可索赔（   ）。

A. 材料超期储存费用   B. 施工机械窝工费

C. 合理的利润   D. 工人窝工费

E. 增加的利息支出

105. 下列费用中，属于措施费的有（   ）。

A. 临时设施费   B. 夜间施工增加费

C. 固定资产使用费　　　　　　　　　　D. 检验试验费

E. 工程排污费

106. 已知现金流量如下图所示，计算 F 的正确表达式是（　　）。

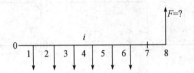

A. $F=A(P/A, i, 6)(F/P, i, 8)$　　　B. $F=A(P/A, i, 5)(F/P, i, 7)$

C. $F=A(F/A, i, 6)(F/P, i, 2)$　　　D. $F=A(F/A, i, 5)(F/P, i, 2)$

E. $F=A(F/A, i, 6)(F/P, i, 1)$

107. 用实物法编制施工图预算时，其直接工程费的计算与（　　）有关。

A. 人工、材料、机械的市场价格　　　B. 工、料、机的定额消耗量

C. 预算定额基价　　　　　　　　　　D. 工程量

E. 取费定额

108. 施工阶段投资控制的经济措施，除了进行工程计量外，还应进行（　　）等工作。

A. 编制资金使用计划　　　　　　　　B. 签发付款证书

C. 作好工程监理日记　　　　　　　　D. 协商确定工程变更的价款

E. 编制投资控制的工作流程图

109. 在工程网络计划中，关键线路是指（　　）的线路。

A. 双代号网络计划中无虚箭线

B. 时标网络计划中无波形线

C. 双代号网络计划中由关键节点组成

D. 单代号网络计划中相邻工作间时间间隔为零

E. 单代号网络计划中由关键工作组成的线路

110. 工程网络计划资源优化的目的是为了寻求（　　）。

A. 最优工期条件下的资源均衡安排　　B. 工期固定条件下的资源均衡安排

C. 资源有限条件下的最短工期安排　　D. 资源均衡使用时的最短工期安排

E. 最低成本时的资源均衡安排

111. 监理工程师进行物资供应进度控制的主要工作内容包括（　　）。

A. 协助建设单位进行物资供应的决策　B. 组织物资供应招标工作

C. 编制或审核物资供应计划　　　　　D. 办理物资运输等有关事宜

E. 签署物资供应合同

112. 建设单位进度控制的计划系统包括（　　）。

A. 工程项目前期工作计划　　　　　　B. 工程项目建设总进度计划

C. 工程项目设计总进度计划　　　　　D. 工程项目施工总进度计划

E. 工程项目年度计划

113. 某工程双代号网络计划如下图所示，图中已标出每项工作的最早开始时间和最迟开始时间，该计划表明（　　）。

A. 工作 2—4 的总时差为零　　　　　B. 工作 6—7 为非关键工作

C. 工作2—5的自由时差为零　　　　　D. 工作3—6的自由时差为零

E. 工作1—3的自由时差为2

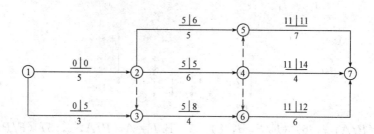

114. 在建设工程施工阶段，当通过压缩网络计划中关键工作的持续时间来缩短工期时，通常采取的组织措施有（　　　）。

　　A. 改善劳动条件　　　　　　　　　　B. 增加每天的施工班次

　　C. 增加劳动力和施工机械的数量　　　D. 组织搭接作业或平行作业

　　E. 缩短工艺技术间歇时间

115. 加快成倍节拍流水施工的特点是（　　　）。

　　A. 同一施工过程在各施工段的流水节拍成倍增加

　　B. 相邻专业队的流水步距相等

　　C. 专业队数大于施工过程数

　　D. 各专业队在施工段上能够连续作业

　　E. 加快的成倍节拍流水施工属于有节奏流水施工

116. 为了减少或避免工程延期事件的发生，监理工程师应做好的工作包括（　　　）。

　　A. 及时下达工程开工令　　　　　　　B. 及时提供施工场地

　　C. 妥善处理工程延期事件　　　　　　D. 提醒业主履行自己的职责

　　E. 及时支付工程进度款

117. 组织平行施工时，如果按专业成立专业工作队，则其特点有（　　　）。

　　A. 各工作面按施工顺序同时组织施工　B. 不同专业的专业队在各施工段可平行施工

　　C. 各施工段同时开展相同专业的施工　D. 施工现场的组织管理较复杂

　　E. 实质是有节奏流水施工

118. 下列选项属于建筑安装工程费用的有（　　　）。

　　A. 直接费　　　　　　　　　　　　　B. 间接费

　　C. 预备费　　　　　　　　　　　　　D. 利润

　　E. 税金

119. 影响进度的因素包括（　　　）等。

　　A. 业主因素　　　　　　　　　　　　B. 勘察设计因素

　　C. 监理因素　　　　　　　　　　　　D. 组织管理因素

　　E. 资金因素

120. 按照工程进展阶段，可以将监理总进度计划分解为（　　　）。

　　A. 设计准备阶段进度计划　　　　　　B. 设计阶段进度计划

　　C. 施工前准备阶段进度计划　　　　　D. 施工阶段进度计划

　　E. 动用前准备阶段进度计划

参考答案

一、单项选择题

1	A	2	D	3	C	4	C	5	A
6	D	7	B	8	B	9	C	10	C
11	C	12	A	13	C	14	A	15	A
16	B	17	B	18	D	19	C	20	C
21	A	22	B	23	D	24	A	25	D
26	B	27	A	28	C	29	A	30	C
31	D	32	B	33	B	34	D	35	B
36	C	37	C	38	C	39	B	40	B
41	D	42	D	43	D	44	B	45	B
46	D	47	A	48	A	49	C	50	B
51	B	52	C	53	B	54	D	55	A
56	B	57	A	58	D	59	A	60	D
61	B	62	B	63	D	64	C	65	A
66	D	67	C	68	C	69	A	70	C
71	A	72	C	73	B	74	C	75	D
76	C	77	C	78	A	79	B	80	A

二、多项选择题

81	ABC	82	BCDE	83	BCE	84	ABD	85	BCDE
86	AD	87	ABCE	88	BCD	89	AB	90	ABCD
91	ACDE	92	ABCD	93	ACDE	94	ABCE	95	BD
96	AC	97	ADE	98	ABCD	99	ABC	100	ACDE
101	ABDE	102	CDE	103	CD	104	ABDE	105	AB
106	AC	107	ABD	108	ABD	109	BD	110	BC
111	ABC	112	ABE	113	ABE	114	BC	115	BCDE
116	ACD	117	ACDE	118	ABCD	119	ABDE	120	ABDE

建设工程质量、投资、进度控制（二）

一、单项选择题（共 80 题，每题 1 分。每题的备选项中，只有 1 个最符合题意）

1. 设计质量跟踪的工作是定期（　　）。
   A. 监督设计人员的制图情况
   B. 核查设计人员的计算结果
   C. 检验设计程序
   D. 审核设计文件

2. 在建立对设计质量控制的主要环节中，"拟定设计纲要及设计合同"是（　　）的内容。
   A. 设计准备阶段
   B. 设计阶段
   C. 设计成果验收阶段
   D. 施工阶段

3. 监理工程师审查批准的承包单位在工程施工前根据施工过程质量控制提交的（　　）作为实施质量预控的基础。
   A. 施工组织设计
   B. 隐蔽工程明细表
   C. 质量控制点明细表
   D. 施工技术参数

4. 控规设计的目的不包括（　　）。
   A. 满足城市规划的深化和管理需要
   B. 控制建设用地性质
   C. 优选城市规划方案
   D. 指导修建性详细规划的编制

5. 确保设备配套投产正常运转的重要环节是在设备安装经检验合格后进行（　　）。
   A. 整机检验
   B. 性能检测
   C. 试运转
   D. 复验

6. 依据《中华人民共和国城市规划法》及原建设部指定的与之配套的《城市规划编制办法》，按照国家行政建制设立的直辖市、市、镇均应（　　）。
   A. 统计城市化进程数据
   B. 进行城市规划设计
   C. 编制规划及人口状况报告
   D. 监理建设审批制度

7. 监理工程师在进行工程项目质量控制中，应贯彻（　　）的职业道德规范。
   A. 科学、公正、守法
   B. 科学、公正、遵纪
   C. 科学、客观、公正
   D. 科学、秉公、守法

8. 工业交通项目初步设计阶段质量控制监理工作中，若设计文件在政府主管部门审批阶段未获通过，则应返回（　　）重新开展工作。
   A. 监理验收
   B. 设计修改
   C. 设计质量评审报告
   D. 初步设计

9. 项目监理机构在实施由总包单位或建筑安装单位采购主要或关键设备的监造时，将设备制造厂作为工程项目（　　）实施管理。
   A. 指定分包商
   B. 总包单位的分包单位
   C. 承包单位
   D. 安装单位的联合体

10. 工业与民用建筑扩初设计阶段监理工作的内容与工业交通项目（　　）质量控制的内容基本相同。
    A. 总体设计
    B. 初步设计
    C. 深化设计
    D. 拓展设计

11. 在抽样检验中，将不合格产品判为合格而误收时所发生的风险称为（　　）。
    A. 供方风险
    B. 用户风险
    C. 产方风险
    D. 系统风险

12. 工程建设不同阶段对工程项目质量起着不同的影响，工程（　　）是影响工程项目质量的决定性环节。
    A. 项目可行性研究和决策阶段
    B. 设计阶段
    C. 施工阶段
    D. 竣工验收阶段

13. 总监理工程师在约定的时间内，组织（　　）审查承包单位报送的《施工组织设计（方案）报审表》，提出意见后，由（　　）审核并签认。
    A. 项目经理，总工程师
    B. 专业监理工程师，总监理工程师
    C. 建设单位，建设单位负责人
    D. 建设单位，监理单位负责人

14. 下列关于设计方案评选的一般原则的叙述，不正确的是（　　）。
    A. 应采用设计方案集中评述的方法
    B. 应符合国家有关工程建设的方针政策
    C. 以符合城市规划、消防、节能、环保为前提
    D. 应综合考虑设计方案的经济、技术、功能和造型等方面

15. 某建筑安装工程的纳税人位于市区，其营业额为5000万元人民币，则其城市维护建设税应为（　　）。
    A. 7.5万元
    B. 10.5万元
    C. 12万元
    D. 13.5万元

16. （　　）是消除了个体之间个别偶然的差异，显示出所有个体共性和数据一般水平的统计指标，它由所有数据计算得到，是数据的分布中心，具有代表性。
    A. 算术平均值
    B. 极差
    C. 标准偏差
    D. 样本中位数

17. 某工程施工过程中，监理工程师要求承包单位在工程施工之前根据施工过程质量控制的要求提交质量控制点明细表并实施质量控制，这是（　　）的原则要求。
    A. 坚持质量第一
    B. 坚持质量标准
    C. 坚持预防为主
    D. 坚持科学的职业道德规范

18. 在设计展开阶段，监理工程师要及时检查各专业设计之间相互配合和衔接的情况，这是（　　）的要求。
    A. 确定目标控制计划
    B. 对设计工作进行协调控制
    C. 对设计进行评审
    D. 确定最佳设计方案

19. 按照施工过程中实施见证取样的要求，监理机构中负责见证取样工作的人员一般为（　　）。
    A. 监理员
    B. 专业监理工程师
    C. 总监理工程师代表
    D. 总监理工程师

20. 下列不属于建筑工程质量验收标准、规范编制指导思想的是（　　）。
    A. 强化验收
    B. 完善手段
    C. 加强评定
    D. 过程控制

21. 在工程建设其他费用之中，生产准备费属于（　　）。
    A. 土地使用费
    B. 与项目建设有关的其他费用
    C. 与未来企业生产经营有关的其他费用
    D. 与项目经营有关的其他费用

22. 某宗耕地在2008年被征用。该宗地2004～2007年的产值分别为16万元、15万元、21万元、18万元，则征用该宗耕地的土地补偿费应为（　　）。
    A. 70万～120万元
    B. 108万～180万元
    C. 120万～168万元
    D. 135万～216万元

23. 建设工程从表面上检查，就很难发现内在的质量问题，这体现了工程质量的（　　）。
    A. 波动大
    B. 评价方法的特殊性

C. 隐蔽性   D. 终检局限性

24. 在设计准备阶段，监理的工作内容不包括（   ）。
     A. 发出修改设计描绘   B. 协助建设单位签订设计合同
     C. 确定设计质量要求和标准   D. 组建项目监理机构

25. 施工过程质量控制的基础是（   ）。
     A. 设置质量控制点   B. 进行见证取样送检
     C. 保证作业活动的效果与质量   D. 做好作业技术交底

26. 监理工程师对安装模板的稳定性、刚度、强度、结构物轮廓尺寸的检验应采用（   ）。
     A. 抽样检验   B. 普通检验   C. 二次检验   D. 随机检验

27. 某宗耕地在 2008 年被征用。该宗地 2004～2007 年的产值分别为 16 万元、15 万元、21 万元、18 万元，需要安置的农业人口为四人，则征用该宗耕地的安置补助费应该为（   ）。
     A. 120 万元   B. 180 万元   C. 240 万元   D. 270 万元

28. 按规定，建设工程四级重大质量事故应由（   ）归口管理。
     A. 国务院   B. 国家建设行政主管部门
     C. 省、自治区、直辖市建设行政主管部门   D. 市、县级建设行政主管部门

29. 在 2000 版 GB/T 19000—ISO 9000 族标准的术语中，质量控制是质量管理的一部分，其目的是（   ）。
     A. 致力于增强满足质量要求的能力
     B. 致力于提供质量要求会得到满足的信任
     C. 致力于满足质量要求
     D. 致力于制定质量目标并努力实现其质量目标

30. 在质量控制中，排列图是用来（   ）的。
     A. 分析并控制工序质量   B. 分析影响质量的主要问题
     C. 分析质量问题产生的原因   D. 分析、掌握质量分布规律

31. 某新建项目，建设期为三年，共向银行贷款 1300 万元，其中第一年 300 万元、第二年 600 万元、第三年 400 万元，年利率为 6%。贷款均发生在年中，则建设期利息应为（   ）万元。
     A. 114.27   B. 117   C. 228.54   D. 234

32. 建设工程定额是一种（   ）标准。
     A. 施工工艺   B. 额定消耗量   C. 劳动组织   D. 经济费用

33. 敏感因素对项目经济评价指标产生（   ）敏感性时会给项目带来较大风险。
     A. 正强   B. 正弱   C. 负强   D. 负弱

34. 在建设项目设计总概算中，属于工程建设其他费用概算的是（   ）。
     A. 辅助和服务性工程费   B. 室外工程费
     C. 场外工程费   D. 勘察设计费

35. 在可行性研究的基本工作步骤中，下列说法不正确的是（   ）。
     A. 在市场调查与预测前，应制订可行性研究的工作计划
     B. 进行方案编制与优化前，应进行项目的财务评价
     C. 项目评价包括环境评价、财务评价、国民经济评价、社会评价及风险分析等
     D. 市场预测中应对项目产品未来市场的供求信息进行定性与定量分析

36. 按照 FIDIC 施工合同条件的约定，如果遇到了"一个有经验的承包商难以合理预见"的地下电缆，导致承包商工期延长和成本增加，则承包商有权索赔（　　）。
   A. 工期、成本和利润　　　　　　　　　B. 工期、成本，但不包括利润
   C. 工期，但不包括成本　　　　　　　　D. 成本，但不包括工期

37. 某项目建筑安装工程投资为 2000 万元，基本预备费为 60 万元，设备购置费为 300 万元，涨价预备费为 20 万元，贷款利息为 50 万元，则上述投资中静态投资为（　　）万元。
   A. 2300　　　　　B. 2360　　　　　C. 2380　　　　　D. 2430

38. 某企业第 1 年初向银行借款 500 万元，年利率为 7％，银行规定每季度计息一次。若企业向银行所借本金与利息均在第 4 年末一次支付，则支付额为（　　）万元。
   A. 659.97　　　　　B. 659.45　　　　　C. 655.40　　　　　D. 535.93

39. 在采用成本加酬金合同价时，为了控制投资，最好采用（　　）。
   A. 成本加固定金额酬金　　　　　　　　B. 成本加固定百分比酬金
   C. 成本加最低酬金　　　　　　　　　　D. 最高限额成本加固定最大酬金

40. 在建筑工程定额的编制中，国家应（　　）。
   A. 根据不同的地区差别，制订不同的定额标准
   B. 指导性地给出各地区工程造价的变化幅度范围
   C. 制订统一的工程量计算规则、项目划分和计量单位
   D. 合理地体现定额的指令性特点

41. 采用估算工程量单价合同时，最后工程的总价是按（　　）计算确定的。
   A. 业主提出的暂估工程量清单及承包商所填报的单价
   B. 业主提出的暂估工程量清单及其实际发生的单价
   C. 实际完成的工程量及其承包商所填报的单价
   D. 实际完成的工程量及其实际发生的单价

42. 《建设工程工程量清单计价规范》明确了清单项目的工程量计算规则，其实质是以形成（　　）为准，并以完成后的（　　）来计算。
   A. 工程实体，净值　　B. 项目利润，净值　　C. 工程量，预算值　　D. 有效工作，决算值

43. 网络计划的优化不包括（　　）。
   A. 工期优化　　　　　　　　　　　　　B. 资源优化
   C. 效果优化　　　　　　　　　　　　　D. 费用优化

44. 在单代号搭接网络计划中，关键线路是指（　　）的线路。
   A. 相邻工作时间间隔均为零　　　　　　B. 相邻工作时距最小
   C. 相邻工作时距均为零　　　　　　　　D. 工作持续时间总和最长

45. 进行项目的财务评价时，对投入物、产出物采用的是（　　）。
   A. 现行市场交换价格　　　　　　　　　B. 物价部门颁布的计划价格
   C. 影子价格和市场交换价格结合　　　　D. 影子价格

46. 运用价值工程优化设计方案所得结果是：甲方案价值系数为 1.26，单方造价 150 元；乙方案价值系数为 1.20，单方造价 140 元；丙方案价值系数为 1.05，单方造价 170 元；丁方案价值系数为 1.10，单方造价 160 元，最佳方案是（　　）。
   A. 甲方案　　　　　B. 乙方案　　　　　C. 丙方案　　　　　D. 丁方案

47. （　　）是指项目在借款偿还期内，各年可用于还本付息资金与当期应还本付息金额的比值。

  A. 偿债备付率   B. 资产负债率

  C. 总投资收益率   D. 项目资本金净利润率

48. 我国增值税条例规定，从国外进口的设备，其增值税按(　　)计算其应纳税额。

  A. 离岸价   B. 到岸价   C. 抵岸价   D. 组成计税价格

49. 下列选项属于流水施工工艺参数的是(　　)。

  A. 工作面   B. 流水强度   C. 施工段   D. 流水节拍

50. 某单位工程采用固定节拍流水施工，施工过程数目 $n=4$，施工段数目 $m=4$，流水节拍 $t=2$（月），工作之间无间歇，则流水施工工期 $T=$(　　)。

  A. 12（月）   B. 14（月）   C. 16（月）   D. 18（月）

51. 投标报价应考虑风险费，下列说法正确的是(　　)。

  A. 如果风险费有剩余，可与业主分享余额

  B. 如果风险费估计不足，可以索赔方式请业主支付

  C. 风险费在业主的基本预备费中开支

  D. 风险费估计不足，承包商只有用利润来补贴

52. 措施项目清单不包括(　　)。

  A. 临时设施   B. 脚手架   C. 二次搬运   D. 零星工作项目

53. 为了有效地控制建设工程进度，必须事先对影响进度的各种因素进行全面分析和预测。其主要目的是为了实现建设工程进度的(　　)。

  A. 动态控制   B. 主动控制   C. 事中控制   D. 纠偏控制

54. 组织流水施工时，划分施工段的最根本目的是(　　)。

  A. 满足施工工艺的要求   B. 可增加更多的专业工作队

  C. 提供工艺或组织间歇时间   D. 使各专业队在不同施工段进行流水施工

55. 当双代号网络计划的计算工期等于计划工期时，下列关于关键工作的说法错误的是(　　)。

  A. 关键工作的自由时差为零

  B. 相邻两项关键工作之间的时间间隔为零

  C. 关键工作的持续时间最长

  D. 关键工作的最早开始时间与最迟开始时间相等

56. 在建设工程进度计划实施中，进度监测的系统过程包括以下工作内容：①实际进度与计划进度的比较。②收集实际进度数据。③数据整理、统计、分析。④建立进度数据采集系统。⑤进入进度调整系统。其正确的顺序是(　　)。

  A. 1—3—4—2—5   B. 4—3—2—1—5   C. 4—2—3—1—5   D. 2—4—3—1—5

57. 某单位工程采用成倍节拍流水施工，施工过程数目 $n=4$，施工段数目 $m=4$，流水节拍分别为 10 周、20 周、30 周、10 周，工作之间无间歇，则流水施工工期 $T=$(　　)。

  A. 70 周   B. 80 周   C. 90 周   D. 100 周

58. 对于工地交货的大型设备，运至工地后通常先由(　　)进行组装、调整和试验。

  A. 施工单位   B. 分包厂家   C. 建设单位   D. 制造厂家

59. 监理工程师控制工程建设进度时，采取经济措施的主要目的是为了(　　)。

  A. 保证物资供应   B. 确定费用补偿额

  C. 保证资源均衡使用   D. 保证资金供应

60. 在工程网络计划执行过程中，如果某项工作实际进度拖延的时间超过其自由时间差，则

该工作（　　）。
  A. 必定影响其紧后工作的最早开始时间　　B. 必定变为关键工作
  C. 不会影响其后续工作的正常进行　　D. 不会影响工程总工期

61. 在网络计划工期优化过程中，当出现两条独立的关键线路时，在考虑对质量、安全影响的基础上，优先选择的压缩对象应是这两条关键线路上（　　）的工作组合。
  A. 资源消耗量之和最小　　B. 直接费用率之和最小
  C. 持续时间之和最长　　D. 间接费用率之和最小

62. 在工程网络计划的实施过程中，如果需要确定某项工作进度偏差对紧后工作最早开始时间的影响程度，应根据（　　）的差值进行确定。
  A. 自由时差与进度偏差　　B. 自由时差与总时差
  C. 总时差与进度偏差　　D. 时间间隔与进度偏差

63. 在工程网络计划的工期优化过程中，当出现多条关键线路时，必须（　　）。
  A. 将各条关键线路的总持续时间压缩同一数值
  B. 分别将各条关键线路的总持续时间压缩不同数值
  C. 压缩其中一条关键线路的总持续时间
  D. 压缩持续时间最长的关键工作

64. 在建设工程进度调整过程中，调整进度计划的先决条件是（　　）。
  A. 确定原合同条件调整的范围　　B. 确定可调整进度的范围
  C. 确定原合同价款调整的范围　　D. 确定承包单位成本的增加额

65. 利用横道图表示建设工程进度计划的优点是（　　）。
  A. 有利于动态控制　　B. 明确反映关键工作
  C. 明确反映工作机动时间　　D. 明确反映计算工期

66. 加快的成倍节拍流水施工的特点是（　　）。
  A. 同一施工过程中各施工段的流水节拍相等，不同施工过程的流水节拍为倍数关系
  B. 同一施工过程中各施工段的流水节拍不尽相等，其值为倍数关系
  C. 专业工作队数等于施工过程数
  D. 专业工作队在各施工段之间可能有间歇时间

67. 已知某工程双代号网络计划的计划工期等于计算工期，且工作 M 的完成节点为关键节点，则该工作（　　）。
  A. 为关键工作　　B. 自由时差等于总时差
  C. 自由时差为零　　D. 自由时差小于总时差

68. 在工程网络计划的工期优化过程中，在缩短工作持续时间对质量和安全影响不大的情况下，应选择的压缩对象是（　　）的关键工作。
  A. 缩短持续时间所需增加费用最少　　B. 持续时间最长且有充足备用资源
  C. 持续时间最长且资源消耗最少　　D. 资源消耗少从而使直接费用最少

69. 在工程网络计划中，工作的最迟完成时间应为其所有紧后工作（　　）。
  A. 最早开始时间的最大值　　B. 最早开始时间的最小值
  C. 最迟开始时间的最大值　　D. 最迟开始时间的最小值

70. 初步设计阶段，监理工程师对设计图纸的审核侧重于（　　）。
  A. 技术方案的比较、分析
  B. 使用功能及质量要求是否得到满足

C. 各专业设计是否符合预定的质量标准和要求

D. 所采用的技术方案是否符合总体方案的要求

71. 在某工程网络计划中，工作 M 的最早开始时间和最迟开始时间分别为第 12 天和第 15 天，其持续时间为 5 天。工作 M 有 3 项紧后工作，它们的最早开始时间分别为第 21 天、第 24 天和第 28 天，则工作 M 的自由时差为( )天。

    A. 1   B. 3   C. 4   D. 8

72. 在某工程双代号网络计划中，如果以某关键节点为完成节点的工作有 3 项，则该 3 项工作( )。

    A. 全部为关键工作   B. 至少有一项为关键工作

    C. 自由时差相等   D. 总时差相等

73. 在某工程单代号搭接网络计划中，关键线路是指( )的线路。

    A. 相邻两项工作之间的时距之和最大   B. 相邻两项工作之间时间间隔全部为零

    C. 工作的持续时间总和最大   D. 相邻两项工作之间的时距全部为零

74. 某建设项目向银行一次贷款 100 万元，年利率 10％（复利），贷款期限为 5 年，则到第 5 年末需一次性偿还银行本利( )。

    A. 161.05 万元   B. 177.16 万元   C. 194.87 万元   D. 146.41 万元

75. 在施工进度控制目标体系中，用来明确各单位工程的开工和交工动用日期，以确保施工总进度目标实现的子目标是按( )分解的。

    A. 项目组成   B. 计划期   C. 承包单位   D. 施工阶段

76. 为确保建设工程进度控制目标的实现，监理工程师必须认真制定进度控制措施。进度控制的技术措施主要是( )。

    A. 对应急赶工给予优厚的赶工费用

    B. 建立图纸审查、工程变更和设计变更管理制度

    C. 审查承包商提交的进度计划，使承包商能在合理的状态下施工

    D. 推行 CM 承发包模式，并协调合同工期与进度计划之间的关系

77. 我国建设工程质量保修制度规定，在正常使用条件下，基础设施工程、房屋建筑工程的地基基础和主体结构工程的最低保修期限为其合理使用年限，合理使用年限应在( )中给出。

    A. 总体设计文件   B. 初步设计文件   C. 技术设计文件   D. 施工图设计文件

78. 在工程网络计划中，关键工作是指( )的工作。

    A. 双代号时标网络计划中箭线上无波形线

    B. 与其紧后工作之间的时间间隔为零

    C. 最早开始时间与最迟开始时间相差最小

    D. 双代号网络计划中两端节点均为关键节点

79. 设计单位向施工单位和承担施工阶段监理任务的监理单位等进行设计交底，交底会议纪要应由( )整理，与会各方会签。

    A. 施工单位   B. 监理单位   C. 设计单位   D. 建设单位

80. 工程项目的质量目标和水平是通过设计使其具体化的，设计质量的优劣，直接影响工程项目的功能、使用价值和投资的经济效益，所以设计项目首先应( )。

    A. 满足决策的质量目标和水平   B. 满足业主所需的功能和使用价值

    C. 符合城市规划的要求   D. 符合国家规范、规程和标准

二、多项选择题（共40题，每题2分。每题的备选项中，有2个或2个以上符合题意，至少有1个错项。错选，本题不得分；少选，所选的每个选项得0.5分）

81. 在设计阶段监理工程师对设计质量控制的工作有（   ）。

    A. 落实外部条件，提供设计所需的基础资料　　B. 各设计单位之间的协调工作
    C. 参与主要设备、材料的选型　　　　　　　　D. 施工图纸审核
    E. 配合设计进度，组织设计与外部有关部门之间的协调工作

82. 建设方案设计图纸中的总平面图的内容包括（   ）。

    A. 厂区红线位置　　　　　　　　　　　　　　B. 建筑平面图
    C. 相邻规划拟建建筑位置示意图　　　　　　　D. 建筑物位置
    E. 总平面设计技术经济指标

83. 监理工程师写出的质量问题处理报告内容主要包括（   ）。

    A. 调查与核查情况　　　　　　　　　　　　　B. 质量问题处理补救的建议方案
    C. 审核认可的质量问题处理方案　　　　　　　D. 质量问题处理结论
    E. 对处理结果的检查、鉴定和验收结论

84. 非工业交通项目设计方案的征集方法有（   ）。

    A. 定向设计　　　　　　　　　　　　　　　　B. 组织工程设计招标
    C. 组织方案设计竞选　　　　　　　　　　　　D. 同类方案设计比选
    E. 资料库筛选

85. 涉及安全和使用功能的地基基础、主体结构、有关安全及重要使用功能的安装分部工程，除具备验收的基本条件外，还应进行有关（   ）。

    A. 见证取样送样试验　　　　　　　　　　　　B. 抽样检测
    C. 观感质量验收　　　　　　　　　　　　　　D. 检验批质量记录资料检验
    E. 分项工程验收

86. 在工程质量控制中，要以人为核心，重点控制（   ），充分发挥人的积极性和创造性，以人的工作质量保证工程质量。

    A. 人的素质　　　　　　　　　　　　　　　　B. 人的年龄
    C. 人的行为　　　　　　　　　　　　　　　　D. 人的观念
    E. 人的文化程度

87. 施工图设计的内容包括（   ）。

    A. 全项目性文件　　　　　　　　　　　　　　B. 结构模型
    C. 各建筑物、构筑物的设计文件　　　　　　　D. 各专业工程计算书
    E. 计算机辅助设计软件及资料

88. 为了保证建设工程的质量，监理工程师应对设计变更进行严格控制，在实施控制时应注意（   ）。

    A. 随时掌握国家政策法规的变化　　　　　　　B. 加强对设计阶段的质量控制
    C. 要进行统筹考虑设计变更要求　　　　　　　D. 严格控制设计变更签批手续
    E. 要及时提出设计变更

89. 申请单位向质量管理体系认证机构提出书面申请时，要提供关于申请认证质量管理体系的质量保证能力情况的附件，其附件一般应包括（   ）。

    A. 质量手册正本　　　　　　　　　　　　　　B. 申请方的基本情况
    C. 质量手册副本　　　　　　　　　　　　　　D. 具体产品的质量标准

E. 申请认证质量管理体系所覆盖的产品名录、简介

90. 施工单位填写的施工现场质量管理检查记录应由( )进行检查,并作出检查结论。

　　A. 项目经理　　　　　　　　　　　　B. 总监理工程师

　　C. 专业监理工程师　　　　　　　　　D. 建设单位负责人

　　E. 建设单位技术负责人

91. 设计交底的内容包括( )。

　　A. 设计的意图说明

　　B. 建筑、结构、工艺、设备等各专业在施工中的难点、疑点和容易发生的问题的说明

　　C. 施工图设计文件总体介绍

　　D. 特殊的工艺要求

　　E. 设计工作的技术要点说明

92. 监理工程师对分包商的现场工作进行监督检查的重点主要包括( )。

　　A. 分包商工地会议

　　B. 分包商的设备使用情况

　　C. 分包商的施工人员情况

　　D. 实施工程的质量是否符合工程承包合同规定的标准

　　E. 分包商的施工进度情况

93. 下列选项属于项目间接建设成本的有( )。

　　A. 开工试车费　　　　　　　　　　　B. 电气安装费

　　C. 保险费　　　　　　　　　　　　　D. 生产前费用

　　E. 服务性建筑费用

94. 建设工程的静态投资部分包括( )。

　　A. 基本预备费　　　　　　　　　　　B. 涨价预备费

　　C. 建筑安装工程费　　　　　　　　　D. 铺底流动资金

　　E. 工程建设其他费

95. 安装工程定额包括( )定额。

　　A. 机械设备安装　　　　　　　　　　B. 电气设备安装

　　C. 自动化仪表安装　　　　　　　　　D. 电气照明安装

　　E. 静置设备与工艺金属结构安装

96. 现新建一所大学,下列( )包括在该新建大学教学楼单项工程综合概算中。

　　A. 该楼给排水工程概算　　　　　　　B. 该大学预备费

　　C. 该大学征地费用　　　　　　　　　D. 该楼土建工程概算

　　E. 该楼电气照明工程概算

97.《中华人民共和国招标投标法》规定,报价不得低于成本价,成本价可由( )确定。

　　A. 标底扣除招标人拟允许投标人获得的利润

　　B. 计算标底时的直接费与间接费相加

　　C. 由评标委员会的专家根据报价的情况和施工组织设计

　　D. 承包商的预算

　　E. 咨询公司提供的价格

98. 设备、工器具是否满足固定资产标准,应该从( )等方面进行判别。

　　A. 使用年限　　　　　　　　　　　　B. 单位价值

C. 能否移动   D. 购置手续

E. 摊销能力

99. 建筑工程预算包括( )工程预算。

  A. 一般土建   B. 电气照明

  C. 设备安装   D. 工业管理

  E. 特殊构筑物

100. 取得国有土地使用费包括( )等。

  A. 土地使用权出让金   B. 城市建设配套费

  C. 青苗补偿费   D. 拆迁补偿费

  E. 临时安置补助费

101. 涨价预备费以( )为计算基数。

  A. 建设期利息   B. 固定资产投资方向调节税

  C. 工程建设其他费用   D. 建筑安装工程费

  E. 设备工器具购置费

102. 关于利息备付率，下列表述正确的是( )。

  A. 是指借款偿还期内，各年可用于支付利息的税息前利润与当期应付利息费用的比值

  B. 是指借款偿还期内，各年可用于还本付息资金与当期应还本付息金额的比值

  C. 对于正常运营的企业，利用备付率应当大于 1

  D. 对于正常运营的企业，利用备付率应当小于 1

  E. 利息备付率表示项目的利润偿付利息的保证倍率

103. 按照 FIDIC 施工合同条件的约定，具备( )条件时，宜对有关工作内容采用新的费率或价格。

  A. 如果此项工作实际测量的工程量比工程量表中规定的工程量变动大于 15%

  B. 如果此项工作实际测量的工程量比工程量表中规定的工程量变动大于 10%

  C. 工程量的变化与该项工作规定的费率的乘积超过了中标的合同金额的 0.01%

  D. 由此工程量的变化直接造成该项工作单位成本的变动超过 1%

  E. 这项工作不是合同中规定的"固定费率项目"

104. 采用工料单价法编制标底时，各分项工程的单价中应包括( )。

  A. 人工费   B. 材料费

  C. 机械使用费   D. 间接费

  E. 利润

105. 下列属于业主对承包商索赔内容的是( )。

  A. 不可抗力索赔   B. 工期延误索赔

  C. 对超额利润的索赔   D. 对指定分包商的付款索赔

  E. 质量不满足合同要求索赔

106. 某不确定因素的敏感度系数越大，说明( )。

  A. 对项目的目标值影响较大   B. 对项目的目标值影响较小

  C. 不用对该因素进行控制   D. 项目风险越小

  E. 项目风险越大

107. 遇到( )情况时，承包商可以向业主要求既延长工期，又索赔费用。

  A. 设计文件有缺陷   B. 由于业主原因造成临时停工

C. 业主供应的设备和材料推迟到货　　　D. 特殊恶劣气候，造成施工停顿

E. 工程师对竣工试验干扰

108. 工程项目竣工决算由( )四部分组成。

　　A. 竣工结算书　　　　　　　　　　　B. 竣工财务决算报表

　　C. 竣工财务决算说明书　　　　　　　D. 竣工工程平面示意图

　　E. 工程造价比较分析

109. 不考虑间歇时间与提前插入时间，加快的成倍节拍流水施工工期等于( )。

　　A. 最后一个专业队完成流水施工所需持续时间与全部流水步距之和

　　B. 完成最后一个施工过程所需持续时间与全部流水步距之和

　　C. 专业队数与施工段数之和减去1，再乘以流水步距

　　D. 第一个专业队开始施工到最后一个专业队完成施工为止的全部持续时间

　　E. 第一个专业队完成流水施工所需持续时间与全部流水步距之和

110. 在建设工程施工阶段，承包商申报工程延期的条件有( )。

　　A. 异常恶劣的气候条件　　　　　　　B. 设计单位延期交图

　　C. 施工方案失当　　　　　　　　　　D. 施工机具和人力不足

　　E. 工程业主造成的延误

111. 当监理工程师协助业主将某建设项目的设计和施工任务发包给一个承包商后，需要审核的进度计划有( )。

　　A. 工程项目建设总进度计划　　　　　B. 工程设计总进度计划

　　C. 工程项目年度计划　　　　　　　　D. 工程施工总进度计划

　　E. 单位工程施工进度计划

112. 非节奏流水施工具有的特点包括( )。

　　A. 各施工过程在各施工段的流水节拍不全相等

　　B. 各专业工作能够在施工段上连续作业

　　C. 相邻施工过程的流水步距不尽相等

　　D. 施工段之间不可能有空闲时间

　　E. 专业工作队数等于施工过程数

113. 在建设工程设计准备阶段，监理工程师进度控制的任务包括( )。

　　A. 协助建设单位确定工期总目标　　　B. 编制工程项目总进度计划

　　C. 编制设计阶段工作计划　　　　　　D. 施工现场条件调查和分析

　　E. 编制施工总进度计划

114. 在下列给定工作的先后顺序中，属于工艺关系的是( )。

　　A. 先室内装修，后室外装修　　　　　B. 先支模板，后浇筑混凝土

　　D. 先挖基槽，后做垫层　　　　　　　C. 先设计，后施工

　　E. 先基础，后主体

115. 对工程网络计划进行资源优化，其目的是使该工程( )。

　　A. 资源需用量最少　　　　　　　　　B. 资源需用量尽可能均衡

　　C. 资源强度最低　　　　　　　　　　D. 满足资源限量要求

　　E. 总工期缩短

116. 施工段是流水施工的主要参数之一。为了合理地划分施工段，应遵循的原则包括( )。

　　A. 施工段的界限与结构界限无关，但应使同一专业工作队在各个施工段的劳动量大致

相等

B. 每个施工段内要有足够的工作面，以保证相应数量的工人、主导施工机械的生产效率，满足合理劳动组织的要求

C. 施工段的界限应尽可能与结构界限相吻合，或设在对建筑结构整体性影响小的部位，以保证建筑结构的整体性

D. 每个施工段要有足够的工作面，以满足同一施工段内组织多个专业工作队同时施工的要求

E. 施工段的数目要满足合理组织流水施工的要求

117. 某工程双代号网络计划如下图所示，图中已标出每个节点的最早时间和最迟时间，该计划表明（　　）。

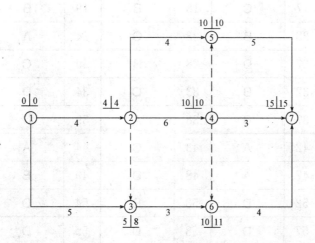

A. 工作 1—3 的最迟完成时间为 8
B. 工作 4—7 为关键工作
C. 工作 2—5 的总时差为零
D. 工作 3—6 的总时差为 1
E. 工作 6—7 的总时差为 1

118. 定额泰勒制的主要目标包括（　　）。

A. 提高劳动生产率
B. 降低产品成本
C. 增加企业盈利
D. 减少浪费
E. 提高剩余价值

119. 流水施工的表达方式有（　　）。

A. 横道图
B. 网络图
C. 垂直图
D. 直方图
E. 饼状图

120. 非节奏流水施工的特点有（　　）。

A. 各施工过程在各施工段的流水节拍均不相等
B. 相邻施工过程的流水步距不尽相等
C. 专业工作队数等于施工过程数
D. 各专业工作队能够在施工段上连续作业
E. 有的施工段可能有空闲时间

参考答案

一、单项选择题

1	D	2	A	3	C	4	C	5	C
6	B	7	A	8	D	9	B	10	B
11	B	12	B	13	B	14	A	15	B
16	A	17	C	18	B	19	B	20	C
21	C	22	B	23	C	24	A	25	C
26	B	27	D	28	B	29	C	30	B
31	A	32	B	33	C	34	D	35	B
36	B	37	B	38	A	39	D	40	C
41	C	42	A	43	C	44	A	45	A
46	A	47	A	48	D	49	B	50	B
51	D	52	D	53	B	54	D	55	C
56	C	57	D	58	D	59	D	60	A
61	B	62	A	63	A	64	B	65	D
66	A	67	B	68	A	69	D	70	D
71	C	72	B	73	B	74	A	75	A
76	C	77	D	78	C	79	C	80	B

二、多项选择题

81	BCE	82	ADE	83	ACDE	84	BC	85	AB
86	AC	87	ACDE	88	ABCD	89	BCE	90	BD
91	ABCD	92	BCD	93	ACDE	94	ACE	95	ABCE
96	ADE	97	ABC	98	AB	99	ABDE	100	ABDE
101	DE	102	ACE	103	BCDE	104	ABC	105	BCDE
106	AE	107	ABCE	108	BCDE	109	ACD	110	ABE
111	BDE	112	ABCD	113	ABD	114	BCDE	115	BD
116	BCE	117	AE	118	ABC	119	ABC	120	BCDE

建设工程质量、投资、进度控制（三）

一、单项选择题（共80题，每题1分。每题的备选项中，只有1个最符合题意）

1. 下列关于设计交底目的的叙述，正确的是（　　）。
   A. 设计交底是为了审查设计图纸与说明的齐全性
   B. 设计交底是为了指导施工单位的施工与质量管理工作
   C. 设计交底是为了对施工单位和监理单位正确贯彻设计意图
   D. 设计交底是为了审核并解决设计文件存在的问题

2. 在施工阶段质量控制的系统过程中，作业技术交底的工作属于（　　）的内容。
   A. 施工准备控制　　　B. 施工过程控制　　　C. 施工预控　　　D. 竣工验收控制

3. 对于工程中所用的主要材料和设备，在订货之前施工单位应进行申报，经（　　）论证同意后方可订货。
   A. 设计单位　　　　B. 监理工程师　　　C. 业主　　　　D. 主管部门

4. （　　）是建立和维护正常生产和工作秩序应遵守的准则。
   A. 技术标准　　　　B. 行业规范　　　C. 国家标准　　　D. 专项规划

5. 根据国际标准化组织和我国有关质量、质量管理和质量保证标准的定义，凡工程产品质量没有满足某项规定的要求，就称为（　　）。
   A. 质量问题　　　　B. 质量不合格　　　C. 质量事故　　　D. 质量缺陷

6. 承包单位提交工程开工报审表，应附的材料文件包括（　　）。
   A. 场地准备状况　　　　　　　　B. 专项施工方案
   C. 管理人员资格证书复印件　　　　D. 材料到场和检验情况

7. 由组织的最高管理者正式发布的该组织的质量宗旨和方向指的是（　　）。
   A. 质量方针　　　B. 质量目标　　　C. 质量管理　　　D. 质量手册

8. 质量控制的PDCA循环是指（　　）。
   A. 审计、分析、处理、反馈　　　　B. 计划、运营、反馈、调整
   C. 计划、实施、检查、处理　　　　D. 预审、判断、结算、决算

9. 施工承包单位提出的技术修改问题一般由（　　）组织承包单位和现场设计代表参加，经各方同意后签字并形成纪要，作为工程变更单附件，经总监理工程师批准后实施。
   A. 监理员　　　B. 专业监理工程师　　　C. 总监理工程师　　　D. 项目技术负责人

10. 为了保证承包单位能够顺利施工，监理工程师应当督促建设单位（　　），事先划定并提供给承包单位占有和使用现场有关部分的范围。
    A. 按照合同约定并结合承包单位需要　　　B. 按照合同约定并结合建设单位需要
    C. 按照合同约定并结合建设项目用地规划　　D. 按照招标文件和中标通知书的内容

11. 监理工程师在设备试运行过程的质量控制主要是（　　）。
    A. 编制试运行方案　　　　　　B. 组织设备试运行
    C. 批准试运行申请　　　　　　D. 监督安装单位按规定步骤进行

12. 施工生产会受到不可避免的偶然性因素的影响，下列属于偶然性因素的是（　　）。
    A. 生产人员由于疏忽未按规程操作

    B. 使用了与设计要求不同的其他规格的材料

    C. 因施工机械正常磨损而带来产品质量差异

    D. 在突然遇到剧烈天气变化的情况下将剩下的工作继续完成而带来的质量差异

13. 系统性因素引起的质量变异, 一般属于(　　)。

    A. 搞清原因　　　　　B. 清除隐患　　　　　C. 界定责任　　　　　D. 妥善处理

14. 模板的质量控制点的设置应考虑(　　)等因素。

    A. 模板接缝　　　　　　　　　　　　　B. 模板拼装

    C. 模板的支撑体系与平整度　　　　　　D. 模板的强度

15. 发生于工程施工前的技术方面的项目应归属(　　)。

    A. 措施项目清单　　　　　　　　　　　B. 分部分项工程量清单

    C. 其他项目清单　　　　　　　　　　　D. 间接项目清单

16. 当承包商提交的进场材料出厂合格证及检验、试验报告不足以说明进场材料符合要求时, 监理工程师可(　　)。

    A. 要求承包商将该材料运出现场　　　　B. 再组织复验或见证取样试验

    C. 亲自对该材料进行抽样检验　　　　　D. 向承包商下达停工指令

17. 对设备进行检查验收时, 一般通用或小型设备试车不合格则不能投入使用, 应由(　　)组织相关部门研究处理。

    A. 建设单位　　　　　B. 设计单位　　　　　C. 设备供应单位　　　D. 监理单位

18. 对施工过程的质量监控, 必须以(　　)为基础。

    A. 设置质量控制点　　B. 工程质量预控　　　C. 工序质量控制　　　D. 质量监督检查

19. 发生工程质量问题, 在施工单位收到《监理通知》后, 在(　　)的组织参与下, 尽快进行质量问题调查并完成报告编写。

    A. 项目经理　　　　　B. 监理工程师　　　　C. 总监理工程师　　　D. 监理员

20. 建设工程决策、设计、施工、工期、造价等直接或间接地影响工程项目质量, 这体现了工程质量的(　　)。

    A. 影响因素多　　　　B. 质量波动大　　　　C. 质量隐蔽性　　　　D. 终检的局限性

21. 建设工程的工程量清单应当由(　　)提供。

    A. 招标人　　　　　　B. 咨询方　　　　　　C. 投标方　　　　　　D. 监理人

22. 在工程量清单计价模式下, 分部分项工程量是通过(　　)得到的。

    A. 实际测算　　　　　　　　　　　　　B. 定额匡算

    C. 施工图图示尺寸计算　　　　　　　　D. PKPM 出图附带

23. 不论是由建设工程参与方的哪一方提出的设计变更, 作出变更决定后由(　　)签发《工程变更单》, 指示承包单位按变更的决定组织方可施工。

    A. 专业监理工程师　　B. 总监理工程师　　　C. 设计负责人　　　　D. 项目经理

24. 由总包单位或安装单位采购的设备, 在采购前要向(　　)提交设备采购方案, 经审查同意后方可实施。

    A. 建设单位技术负责人　　　　　　　　B. 监理单位监理工程师

    C. 承包单位技术负责人　　　　　　　　D. 承包单位项目经理

25. 建筑工程中对安全、卫生、环境保护和公众利益起决定性作用的检验项目是(　　)。

    A. 主控项目　　　　　B. 一般项目　　　　　C. 重点项目　　　　　D. 主要项目

26. 绘出直方图后, 如出现折齿形时, 很可能是由(　　)造成的。

A. 分组数据不当　　　B. 原材料发生变化　　C. 数据收集不正常　　D. 临时他人顶班作业

27. 构成建设工程投资的要素包括人工、材料、施工机械等，要素价格是由（　　）形成的。

　　A. 定额　　　　　　　B. 市场　　　　　　　C. 投标　　　　　　　D. 询价

28. 施工承包企业资质的升级、降级实行资质公告制度，二级及其以下施工承包企业的资质
　　公告由（　　）发布。

　　A. 国务院建设行政主管部门　　　　　　　B. 国家技术监督局

　　C. 各省、自治区、直辖市建设行政主管部门　D. 工商管理部门

29. 设备采购方案最终需获得（　　）的批准。

　　A. 建设单位　　　　　B. 总监理工程师　　C. 项目经理　　　　D. 质检站

30. 分项工程质量应由（　　）组织项目专业技术负责人等进行验收。

　　A. 项目经理　　　　　B. 总监理工程师　　C. 专业监理工程师　D. 监理员

31. 以下可行性研究的基本工作步骤中，按时间顺序排在最后一项的是（　　）。

　　A. 组建工作小组　　　　　　　　　　　　B. 与委托单位交换意见

　　C. 制订工作计划　　　　　　　　　　　　D. 项目评价

32. 可行性研究过程形成的工作成果一般通过（　　）固定下来。

　　A. 初步可行性研究阶段性成果分析　　　　B. 可行性审查记录

　　C. 可行性研究统计记录　　　　　　　　　D. 可行性研究报告

33. 建安工程费用中的城市维护建设税，其纳税人所在地为县镇的，按营业税的（　　）征收。

　　A. 7%　　　　　　　　B. 5%　　　　　　　C. 3%　　　　　　　D. 1%

34. 多级网络计划系统的编制原则不包括（　　）。

　　A. 线性相关原则　　　B. 整体优化原则　　C. 连续均匀原则　　D. 简明适用原则

35. 建筑单位工程概算的编制方法主要有（　　）。

　　A. 生产能力指数法、造价指标法　　　　　B. 扩大单价法、设备费用百分率法

　　C. 扩大单价法、概算指标法　　　　　　　D. 预算单价法、概算指标法

36. 推行限额设计时，施工图设计阶段的直接控制目标是（　　）。

　　A. 经批准的投资估算　　　　　　　　　　B. 经批准的设计概算

　　C. 经批准的施工图预算　　　　　　　　　D. 经确定的合同价

37. 夜间施工增加费、材料二次搬运费属于（　　）的内容。

　　A. 直接工程费　　　　B. 措施费　　　　　C. 现场经费　　　　D. 规费

38. 按照《建筑安装工程费用项目组成》（建标［2003］206 号）的规定，大型机械设备进出
　　场及安拆费列入（　　）。

　　A. 施工机械使用费　　B. 施工机构迁移费　C. 措施费　　　　　D. 间接费

39. 不应归入建安工程人工费的是（　　）。

　　A. 生产工人学习、培训期间工资　　　　　B. 生产工人基本工资

　　C. 生产工人工资性补贴　　　　　　　　　D. 职工养老保险费

40. 某监理公司计划第 5 年末购置一套 20 万元的检测设备，拟在这 5 年内每年末等额存入一
　　定资金到银行作为专用基金，银行存款年利率为 10%，按复利计算，则每年等额存入的
　　资金额应不少于（　　）万元。

　　A. 2.876　　　　　　　B. 2.976　　　　　　C. 3.176　　　　　　D. 3.276

41. 根据《中华人民共和国招标投标法》的有关规定，全部或者部分使用国有资金投资或者
　　国家融资的项目，其重要设备、材料的采购，单项合同估算价在（　　）万元人民币以上

的，必须进行招标。

A. 300　　　　　B. 1000　　　　　C. 100　　　　　D. 50

42. 某办公楼装修工程采用非节奏流水施工。

其流水节拍如下表所示：

办公楼装修流水节拍表

（单位：周）

施工过程	层　数			
	4	3	2	1
A	2	2	4	5
B	3	2	5	6
C	4	6	2	8
D	4	6	5	7

该办公楼装修工作的总工期 T＝（　　　）。

A. 33 周　　　　　B. 35 周　　　　　C. 37 周　　　　　D. 39 周

43. 某网络计划图如下图所示：

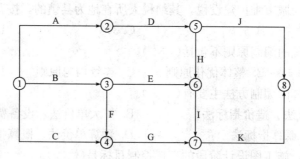

工作 D 的紧后工作是（　　　）。

A. 工作 A　　　　　B. 工作 H　　　　　C. 工作 J　　　　　D. 工作 E

44. 用生产能力指数法进行投资估算时，拟建项目生产能力与已建同类项目生产能力的比值
应有一定的限制范围。一般比值在（　　　）倍左右估算效果较好。

A. 5　　　　　B. 15　　　　　C. 20　　　　　D. 10

45. 在编制投标报价时，下列工作中应首先完成的是（　　　）。

A. 审核工程量清单　　　　　B. 编制施工方案或施工组织设计

C. 熟悉招标文件　　　　　D. 现场勘察

46. 监理工程师同意采用承包商提出的改设计图纸的合理化建议，所发生的费用和收益应由
（　　　）分担或分享。

A. 监理单位和承包单位　　　　　B. 设计单位和承包单位

C. 发包单位和承包单位　　　　　D. 设计单位和发包单位

47. 工程结算时的工程量应以招标人或由其授权委托的监理工程师核准的（　　　）为依据。

A. 清单中的工程量　　　B. 预算工程量　　　C. 实际完成量　　　D. 计划完成量

48. 已知某投资项目，其财务净现值 $FNPV$ 的计算结果为：$FNPV（i＝1\%）＝1959$ 万元，
$FNPV（i＝1\%）＝-866$ 万元。则该项目的财务内部收益率为（　　　）。

A. 11.58%　　　　　B. 11.39%　　　　　C. 11.12%　　　　　D. 10.61%

49. 某单代号网络图，有多项开始工作和结束工作，则该网络图（　　）。
   A. 起点节点为实工作，终点节点为实工作
   B. 起点节点为实工作，终点节点为虚工作
   C. 起点节点为虚工作，终点节点为实工作
   D. 起点节点为虚工作，终点节点为虚工作

50. 工作的总时差是指在不影响（　　）的前提下，工作可以利用的机动时间。
   A. 总工期
   B. 紧后工作最早开始时间
   C. 紧后工作自由时差
   D. 紧后工作最迟完成时间

51. 投资偏差程度是指投资实际值与计划值的偏离程度，其表达式为（　　）。
   A. 投资偏差程度＝（投资实际值－投资计划值）/投资计划值
   B. 投资偏差程度＝投资实际值/投资计划值
   C. 投资偏差程度＝已完工程实际时间/已完工程计划时间
   D. 投资偏差程度＝累计投资实际值/累计投资计划值

52. 关于进口设备的货价，下列计算公式正确的是（　　）。
   A. 货价＝离岸价×人民币外汇牌价
   B. 货价＝到岸价×人民币外汇牌价
   C. 货价＝到岸价×人民币外汇牌价×外贸手续费率
   D. 货价＝离岸价×运费率

53. 某工程内容及技术经济指标尚未全面确定，投标报价的依据尚不充分，而发包方因工期要求紧迫必须发包的工程，宜采用（　　）。
   A. 成本加酬金合同
   B. 固定总价合同
   C. 估算工程量单价合同
   D. 可调单价合同

54. 某项目现金流量见下表，基准收益率为12%，该项目财务净现值为（　　）万元。

年份　　项目	0	1	2	3	4
现金流入/万元	0	100	100	100	120
现金流出/万元	200	20	20	20	20

A. 55.70　　　　　B. 140.00　　　　　C. 86.40　　　　　D. 71.06

55. 在 FIDIC 合同条件下，承包商应提交（　　），说明根据合同应完成的所有工作的价值和承包商认为根据合同或其他规定应支付给他的任何其他款额。
   A. 竣工报表　　B. 最终报表和结清单　　C. 最终付款证书　　D. 履约证书

56. 下列不属于施工阶段投资控制经济措施的是（　　）。
   A. 进行工程计量
   B. 复核工程付款账单，签发付款证书
   C. 继续寻找通过设计挖潜节约投资的可能性
   D. 审核竣工结算

57. 检查勘察、设计单位的营业执照，重点是审查其（　　）和年检情况。
   A. 年检结论是否合格
   B. 注册证书的有效性

    C. 资金状况   D. 有效期

58. 对勘察、设计单位的管理水平，重点考查（   ）。
    A. 是否达到了与其资质等级相应的要求水平
    B. 是否具备相应的人员数量
    C. 是否具备相应的设备装备
    D. 是否承接了相应的工程类别

59. 在工程网络计划中，工作 M 的最早开始时间为第 17 天，其持续时间为 5 天。该工作有三项紧后工作，它们的最早开始时间分别为第 25 天、第 27 天和第 30 天，最迟开始时间分别为第 28 天、第 29 天和第 30 天，则工作 M 的总时差和自由时差（   ）天。
    A. 均为 6   B. 均为 3   C. 分别为 6 和 3   D. 分别为 11 和 8

60. 在某工程网络计划中，已知某工作总时差和自由时差分别为 6 天和 4 天，监理工程师检查实际进度时，发现该工作的持续时间延长了 5 天，说明此时工作 M 的实际进度将其紧后工作的最早开始时间推迟（   ）。
    A. 5 天，但不影响总工期   B. 1 天，但不影响总工期
    C. 5 天，并使总工期延长 1 天   D. 4 天，并使总工期延长 1 天

61. 当采用匀速进展横道图比较法时，如果表示实际进度的横道线右端点落在检查日期的左侧，则该端点与检查日期的距离表示工作（   ）。
    A. 实际少花费的时间   B. 实际多花费的时间
    C. 进度超前的时间   D. 进度拖后的时间

62. 流水施工的表达方式除网络图外，主要还有横道图和垂直图。这两种图形均可以清楚地表达出该工程（   ）。
    A. 每单位时间完成的工作量   B. 计划期间内完成的工作量
    C. 每个施工过程的工作量   D. 各施工过程的时间和空间状况

63. 在工程施工过程中，监理工程师检查实际进度时发现某工作的总时差由原计划的 5 天变为 3 天，则说明工作 M 的实际进度（   ）。
    A. 拖后 2 天，影响工期 2 天   B. 拖后 5 天，影响工期 2 天
    C. 拖后 8 天，影响工期 3 天   D. 拖后 7 天，影响工期 7 天

64. 工程网络计划资源优化的目的之一是为了寻求（   ）。
    A. 资源均衡利用条件下的最短工期安排   B. 最优工期条件下的资源均衡利用方案
    C. 工期固定条件下的资源均衡利用方案   D. 工程总费用最低时的资源利用方案

65. 在某工程网络计划中，已知工作 M 的总时差和自由时差分别为 7 天和 4 天，监理工程师检查实际进度时，发现该工作的持续时间延长了 5 天，说明此时工作 M 的实际进度将其紧后工作的最早开始时间推迟（   ）。
    A. 5 天，但不影响总工期   B. 1 天，但不影响总工期
    C. 5 天，并使总工期延长 1 天   D. 4 天，并使总工期延长 2 天

66. 在网络计划工期优化过程中，当出现两条独立的关键线路时，应选择的压缩对象分别是这两条关键线路上（   ）的工作。
    A. 持续时间最长   B. 资源消耗最少   C. 直接费最少   D. 直接费用率最小

67. 某混凝土工程，9 月份计划工程量为 5000m³，计划单价为 400 元/m³；而 9 月份实际完成工程量为 4000m³，实际单价为 410 元/m³，则该工程 9 月份的进度偏差为（   ）万元。
    A. −36   B. 36   C. 40   D. 41

68. 建设工程组织非节奏流水施工时，其特点之一是（　　）。

    A. 各专业工作队能够在施工段上连续作业，但有的施工段之间可能有空闲时间

    B. 同一施工过程的流水节拍不全相等，从而使专业工作队有时无法连续作业

    C. 相邻施工过程的流水步距不全相等，从而使专业工作队数大于施工过程数

    D. 虽然在施工段上没有空闲时间，但有的专业工作队有时无法连续作业

69. 当工程网络计划的计算工期小于计划工期时，关键工作的（　　）。

    A. 总时差为零　　　　B. 总时差均大于零　　C. 自由时差为零　　　D. 自由时差均大于零

70. 工程勘察单位在实施勘察工作之前，应结合各勘察阶段的工作内容和深度要求，按照有关规范、规程的规定，结合工程的特点编制（　　）。

    A. 勘察报告　　　　　B. 勘察实施细则　　　C. 勘察工作方案　　　D. 勘察、设计文件

71. 监理工程师按委托监理合同要求对设计工作进度进行监控时，其主要工作内容是（　　）。

    A. 编制阶段性设计进度计划　　　　　　B. 定期检查设计工作实际进展情况

    C. 协调设计各专业之间的配合关系　　　D. 建立健全设计技术经济定额

72. 某道路工程划分为 3 个施工过程在 5 个施工段组织加快的成倍节拍流水施工，流水节拍值分别为 4 天、2 天、6 天，该工程的流水施工工期为（　　）天。

    A. 28　　　　　　　　B. 20　　　　　　　　C. 16　　　　　　　　D. 14

73. 在双代号时标网络计划中，关键线路是指（　　）。

    A. 没有虚工作的线路　　　　　　　　　B. 由关键节点组成的线路

    C. 没有波形线的线路　　　　　　　　　D. 持续时间最长工作所在的线路

74. 在工程网络计划中，工作的总时差是指在不影响（　　）的前提下，该工作可以利用的机动时间。

    A. 紧后工作最早开始　　　　　　　　　B. 后续工作最早开始

    C. 紧后工作最迟开始　　　　　　　　　D. 紧后工作最早完成

75. 建设工程组织流水施工时，（　　）施工过程必须全部列入施工进度计划。

    A. 建造类　　　　　　B. 物资供应类　　　C. 运输类　　　　　　D. 制备类

76. 在工程网络计划中，工作的自由时差是指在不影响（　　）的前提下，该工作可以利用的机动时间。

    A. 紧后工作最早开始　　　　　　　　　B. 后续工作最迟开始

    C. 紧后工作最迟开始　　　　　　　　　D. 本工作最早完成

77. 监理工程师在勘察阶段质量控制最重要的工作是（　　）。

    A. 协助建设单位优选勘察单位　　　　　B. 审核与评定勘察成果

    C. 审核勘察单位提交的勘察工作方案　　D. 控制勘察现场作业

78. 在某工程网络计划中，工作 M 的最早开始时间和最迟开始时间分别为第 12 天和第 18 天，其持续时间为 5 天。工作 M 有 3 项紧后工作，它们的最早开始时间分别为第 21 天、第 24 天和第 28 天，则工作 M 的自由时差为（　　）天。

    A. 1　　　　　　　　　B. 3　　　　　　　　C. 4　　　　　　　　D. 8

79. 工程勘察的最后结果是（　　）。

    A. 基础设计图纸　　　　　　　　　　　B. 工程勘察图纸

    C. 工程勘察竣工验收书　　　　　　　　D. 工程勘察报告

80. 监理工程师对施工图审核的重点是（　　）。

    A. 投资是否得到满足　　　　　　　　　B. 进度是否得到满足

C. 使用功能及质量要求是否得到满足　　　D. 是否满足施工单位的施工技术要求

二、多项选择题（共40题，每题2分。每题的备选项中，有2个或2个以上符合题意，至少有1个错项。错选，本题不得分；少选，所选的每个选项得0.5分）

81. 按照工程实体形成过程中的物质形态转化的阶段，可以将施工质量控制的系统过程划分为（　　）。
    A. 中间产品质量控制
    B. 施工过程质量控制
    C. 竣工质量控制
    D. 对投入的物质资源质量的控制
    E. 对完成的工程产出品质量的控制与验收

82. 施工质量控制的体系中，施工过程控制的工作内容包括（　　）。
    A. 施工组织设计审查
    B. 作业技术交底
    C. 旁站、巡视
    D. 工程变更的审查
    E. 竣工质量检查

83. 在工程质量验收各层次中，总监理工程师可以组织或参与（　　）的验收。
    A. 检验批
    B. 分项工程
    C. 分部工程
    D. 单位工程
    E. 子单位工程

84. 根据质量管理的基本原理，质量计划包含为达到质量目标、质量要求的（　　）等环节的相关内容。
    A. 计划
    B. 实施
    C. 创造
    D. 制定
    E. 处理

85. 影响工程项目质量的环境因素包括（　　）。
    A. 工程技术环境
    B. 社区环境
    C. 管理环境
    D. 经营环境
    E. 劳动环境

86. 工程质量事故处理依据应包括（　　）。
    A. 质量事故的实况资料
    B. 有关的合同文件
    C. 建设单位和监理单位的意见
    D. 相关的建设法规
    E. 相关的设计文件

87. 材料构配件采购订货控制的质量文件有（　　）。
    A. 吊装、运输阶段质量文件
    B. 开箱记录
    C. 产品合格证及技术说明书
    D. 检测与试验者的资格证明
    E. 不合格品或质量问题处理的说明及证明

88. 为确保作业质量，总监理工程师在施工过程中下达停工令的情况包括（　　）。
    A. 未经项目经理审查同意擅自变更设计或修改图纸进行施工
    B. 隐蔽作业未经依法查验合格而擅自封闭
    C. 承包单位拒绝项目监理机构管理
    D. 擅自使用未经项目监理机构审查认可的分包单位进行施工
    E. 擅自采用未经审查认可的代用材料

89. 建设工程质量受到多种因素的影响，下列因素中对工程质量产生影响的有（　　）。
    A. 人的身体素质
    B. 材料的选用是否合理

    C. 施工机械设备的价格   D. 施工工艺的先进性

    E. 工程社会环境

90. 设备运到安装现场后，要进行开箱检查，（   ）应派代表参加。

    A. 建设单位   B. 设计单位

    C. 质检部门   D. 监理单位

    E. 勘察单位

91. 混凝土施工中经常出现的施工缝处理不好的问题，可能是由于（   ）引起的。

    A. 施工缝处铺浆过厚   B. 模板漏浆

    C. 接缝未清理干净   D. 施工缝位置不合理

    E. 支护稳定性差

92. 在选择勘察单位时，监理工程师除重点对其资质进行控制外，还要检查勘察单位的
    （   ），考察勘察单位的专职技术骨干素质、业务及服务意识。

    A. 技术管理制度   B. 质量管理程序

    C. 勘察实施方案   D. 勘察任务书

    E. 年检合格证明

93. 按照建设程序可以将定额分为（   ）等。

    A. 匡算定额   B. 概算定额

    C. 估算定额   D. 估算指标

    E. 预算定额

94. 在工程质量事故处理中，监理工程师应做的主要工作有（   ）。

    A. 发出"质量通知单"，必要时发出停工令   B. 提交"质量缺陷调查报告"

    C. 组织审查调查报告、分析事故原因   D. 研究制定并实施事故处理方案

    E. 提交"质量事故处理报告"

95. 下列关于盈亏平衡点分析的说法，正确的是（   ）。

    A. 盈亏平衡点是指企业的固定成本等于变动成本

    B. 当实际产量小于盈亏平衡点时，企业亏损

    C. 盈亏平衡点产量越低，项目抗风险能力越强

    D. 盈亏平衡点产量越高，项目抗风险能力越强

    E. 实际产量大于盈亏平衡点时，且无产品积压，企业盈利

96. 用重点审查法审查施工图预算时，审查的重点一般是（   ）。

    A. 采用技术的先进性   B. 工程量大、单价高的分部分项工程

    C. 补充单位估价表   D. 计取的各项费用

    E. 设计标准的合理性

97. 建设单位管理费包括（   ）。

    A. 工程招标费   B. 建设单位采购及保管材料费

    C. 合同契约公证费   D. 工程质量监督检测费

    E. 竣工验收费

98. 施工企业在编制企业定额时，应当依据该企业的技术能力和管理水平，并以（   ）为参
    照和指导。

    A. 基础定额   B. 估算指标

    C. 概算定额   D. 匡算定额

E. 预算定额

99. 关于《建设工程施工合同（示范文本）》约定的工程变更价款的确定方法，下列表述正确的是（ ）。

   A. 合同中已有适用于变更工程的价格，按合同已有的价格变更合同价款

   B. 合同中只有类似于变更工程的价格，可以参照类似价格变更合同价款

   C. 即使合同中已有适用于变更工程的价格，也可由承包人提出适当的变更价格，经工程师确认后执行

   D. 合同中没有适用于变更工程的价格，可以参照类似工程价格，也可以参照类似价格变更合同价款

   E. 合同中没有适用或类似于变更工程的价格，由承包人提出适当的变更价格，经工程师确认后执行

100. 采用市场调查方法中的间接搜集信息法进行可行性研究的缺点有（ ）。

   A. 针对性较差   B. 准确性不高

   C. 广度有限   D. 需要二次处理

   E. 调查成本高

101. 投标报价时，确定工程量的依据是（ ）。

   A. 招标文件提供有工程量清单的，要对工程量进行校核

   B. 招标文件没有提供工程量清单的，要根据设计图纸计算全部工程量

   C. 招标文件对工程量计算方法有规定，应按规定的方法进行计算

   D. 即使招标文件对工程量计算方法有规定，也应按定额规定计算

   E. 招标文件提供有工程量清单的，不必核算工程量，但一定要填单价

102. 根据 FIDIC 合同条件，承包商应在每个月末向监理工程师提供月报表，该报表涉及的款项有（ ）。

   A. 已实施的永久工程的价值   B. 临时工程、计日工

   C. 法规变更引起的价格调整   D. 施工缺陷修补费用

   E. 按标书附录中注明的设备和材料发票价值的某一百分率

103. 下列费用属于土地征用及迁移补偿费的有（ ）。

   A. 征地动迁费   B. 土地使用权出让金

   C. 安置补助费   D. 土地清理费

   E. 青苗补偿费

104. 下列关于盈亏平衡点分析，正确的说法有（ ）。

   A. 用生产能力利用率表示的盈亏平衡点越大，项目风险越小

   B. 盈亏平衡点应按投产后的正常年份计算，而不能按计算期内的平均值计算

   C. 用生产能力利用率表示的盈亏平衡点 [BEP（%）] 与用产量表示的盈亏平衡点 ($BEPQ$) 的关系是 $BEPQ = BEP$（%）×设计生产能力

   D. 用生产能力利用率表示的盈亏平衡点 [BEP（%）] 与用产量表示的盈亏平衡点 ($BEPQ$) 的关系是 BEP（%）$= BEPQ$×设计生产能力

   E. 盈亏平衡点分析不适合于国民经济分析

105. 在财务现金流量表中，作为现金流出的有（ ）。

   A. 流动资金   B. 回收流动资金

   C. 销售税金及附加   D. 固定资产余值回收

E. 产品销售收入

106. 编制标底价格应遵循的原则有（　　）。

A. 标底价格一般应控制在批准的总概算（或修正概算）及投资包干的限额内

B. 标底价格应考虑市场价格变化因素，应力求与市场的实际变化吻合

C. 标底价格应包括不可预见费（特殊情况）、预算包干费、措施费

D. 按企业级别取费

E. 按工程项目类别取费

107. 在竣工决算中，属于新增固定资产价值的有（　　）。

A. 生产准备费　　　　　　　　　　　B. 建设单位管理费

C. 研究试验费　　　　　　　　　　　D. 土地使用权出让金

E. 工程监理费

108. 某工程单代号网络计划如下图所示，关键工作有（　　）。

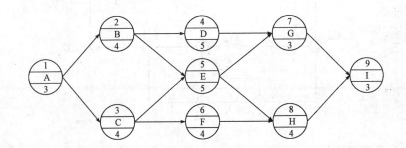

A. 工作 B　　　　　　　　　　　　　B. 工作 C

D. 工作 H　　　　　　　　　　　　　C. 工作 D

E. 工作 F

109. 建设工程施工阶段监理工程师进度控制的主要任务包括（　　）。

A. 确定建设工程工期总目标　　　　　B. 编制工程项目建设总进度计划

C. 编制施工总进度计划并控制其执行　D. 编制详细的出图计划并控制其执行

E. 编制工程年、季、月实施计划并控制其执行

110. 在建设工程监理规划指导下编制的施工进度控制工作细则，其主要内容有（　　）。

A. 进度控制工作流程　　　　　　　　B. 材料进场及检验安排

C. 业主提供施工条件的进度协调程序　D. 工程进度款的支付时间与方式

E. 进度控制的方法和具体措施

111. 监理工程师控制建设工程进度的技术措施包括（　　）。

A. 建立进度控制目标体系　　　　　　B. 审查承包商提交的进度计划

C. 建立进度信息沟通网络　　　　　　D. 编制进度控制工作细则

E. 及时办理工程款预付手续

112. 组织流水施工时，确定流水步距应满足的基本要求有（　　）。

A. 各专业队投入施工后尽可能保持连续作业

B. 相邻专业队投入施工应最大限度地实现合理搭接

C. 流水步距的数目应等于施工过程数

D. 流水步距的值应等于流水节拍值中的最大值

E. 流水步距的值取决于相邻施工过程中的流水节拍值

113. 在建设工程施工阶段，监理工程师控制进度的工作内容应包括（　　）。
    A. 施工进度控制目标实现的风险分析　　B. 调整单位工程施工进度计划
    C. 督促承包单位整理技术资料　　D. 协助承包单位选择分包单位
    E. 协助承包单位实施进度计划

114. 建造装配式工业厂房组织流水施工时，纳入施工进度计划的施工过程可以是（　　）。
    A. 混凝土的拌制　　B. 钢筋混凝土构件的现场预制
    C. 钢筋混凝土构件的采购运输　　D. 钢筋混凝土构件的结构吊装
    E. 厂房内的装饰工程

115. 某分部工程双代号网络计划如下图所示，从图中可获得的正确信息有（　　）。

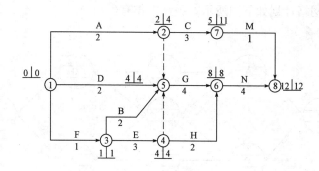

    A. 工作 B 为关键工作　　B. 工作 D 的自由时差为 4
    C. 工作 F 为关键工作　　D. 工作 G、E 为非关键工作
    E. 工作 M、H 为非关键工作

116. 制定科学、合理的进度目标是实施进度控制的前提和基础。确定施工进度控制目标的主要依据包括（　　）。
    A. 工程设计力量　　B. 工程难易程度
    C. 工程质量标准　　D. 项目投产动用要求
    E. 项目外部配合条件

117. 监理工程师控制工程建设进度的信息管理措施包括（　　）。
    A. 进行项目风险因素分析　　B. 实际进度与设计进度的动态比较
    C. 确定进度协商工作制度　　D. 分解项目并建立编码体系
    E. 定期向业主提供进度比较报告

118. 某网络计划图如下图所示：

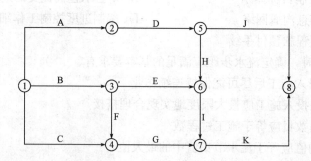

下列说法正确的是（　　）。

A. 工作 A 的紧后工作是工作 D

B. 工作 C 的紧后工作是工作 G

C. 工作 E 的紧前工作是工作 B

D. 工作 D 的紧后工作是工作 H

E. 工作 F 的紧前工作是工作 B

119. 下列选项属于网络计划时间参数的有（　　）。

A. 工期

B. 相邻两项工作之间的时间间隔

C. 最早完成时间

D. 节点最早时间

E. 节点时差

120. 在双代号网络计划二时标注法中，通常只标注各项工作的（　　）等最基本的时间参数。

A. 最早开始时间

B. 最早完成时间

C. 最迟开始时间

D. 最迟完成时间

E. 总时差

参考答案

一、单项选择题

1	C	2	B	3	B	4	A	5	B
6	D	7	A	8	C	9	B	10	A
11	D	12	C	13	A	14	D	15	A
16	B	17	A	18	C	19	B	20	A
21	A	22	C	23	B	24	D	25	A
26	A	27	B	28	C	29	A	30	C
31	B	32	D	33	B	34	A	35	C
36	B	37	B	38	C	39	D	40	D
41	C	42	B	43	C	44	D	45	C
46	C	47	C	48	B	49	D	50	A
51	B	52	A	53	A	54	A	55	B
56	C	57	D	58	A	59	C	60	B
61	D	62	D	63	C	64	C	65	B
66	D	67	C	68	A	69	B	70	C
71	B	72	B	73	C	74	C	75	A
76	A	77	B	78	C	79	D	80	C

二、多项选择题

81	BDE	82	BCD	83	CDE	84	ABE	85	ACE
86	ABDE	87	CDE	88	BCDE	89	ABD	90	AB
91	ACE	92	AB	93	BDE	94	ACE	95	BCE
96	BCD	97	ACDE	98	AE	99	ABE	100	ABD
101	ABC	102	ABCE	103	ACE	104	BCE	105	AC
106	ABCE	107	BCE	108	ABE	109	CE	110	AE
111	BD	112	ABE	113	ACE	114	BDE	115	CE
116	BDE	117	BE	118	ABCE	119	ABCD	120	AC

建设工程质量、投资、进度控制（四）

一、单项选择题 （共 80 题，每题 1 分。每题的备选项中，只有 1 个最符合题意）

1. 为防止混凝土灌注桩施工中出现缩颈、堵管的质量问题，监理工程师可以采取的预控措施是（　　）。
   A. 督促承包单位在钻孔前对钻机认真整平
   B. 督促承包单位每桩测定混凝土坍落度两次，每 30～50cm 测定一次混凝土浇筑高度，随时处理
   C. 掌握泥浆比重和灌注速度
   D. 准备足量的混凝土供应机械，保证连续不断灌注

2. 在混凝土工程质量预控流程中，对于浇灌混凝土时的取样要求叙述正确的是（　　）。
   A. 每个工作班不少于 2 次取样
   B. 每拌制 60 方混凝土不少于 1 次取样
   C. 现浇楼层每层不少于 1 次取样
   D. 每施工段不少于 3 次取样

3. 设计图纸是设计工作的最终成果，监理工程师应对设计图纸进行审核，·施工图重点审核的内容有（　　）。
   A. 工程所采用的技术方案是否符合总体方案要求
   B. 各专业设计是否符合预定的质量标准和要求
   C. 是否满足使用功能及质量要求
   D. 工程与所在地区的环境是否协调

4. 水泥的存放时间一般不宜超过 3 个月，是为了防止（　　）。
   A. 水泥强度降低　　B. 水泥受潮结块　　C. 存放仓库遭到腐蚀　　D. 水泥产生絮状结构

5. 根据检验项目特性所确定的抽样数量、接受标准和方法的是（　　）。
   A. 抽样检验方案　　B. 检验　　C. 接受概率　　D. 批不合格品率

6. 下列对于建设工程见证取样实验室出具报告的叙述，正确的是（　　）。
   A. 一式两份，由承包单位和建设单位保存
   B. 作为归档材料
   C. 一式四份，交由城建档案馆保存
   D. 一式三份，由承包单位、监理单位和建设单位三方保存

7. 工程项目建成后，不可能像某些工业产品一样，可以拆卸或解体来检查内在的质量，所以工程质量应重视（　　）的控制。
   A. 施工前期
   B. 施工工艺和施工方法
   C. 施工准备和施工过程
   D. 投入品质量

8. 在作业技术活动运行过程中质量记录资料的内容不包括（　　）。
   A. 施工现场质量管理检查记录资料
   B. 工程材料质量记录
   C. 施工过程作业活动质量记录资料
   D. 成品、半成品质量记录资料

9. （　　）在签发工程暂停令时，应根据停工原因的影响范围和影响程度，确定工程项目停工范围。
   A. 项目法人　　B. 项目经理　　C. 监理工程师　　D. 总监理工程师

10. 总监理工程师的工程暂停指令下达权来自（　　）。
    A. 委托监理合同中建设单位的授权　　　　B. 《中华人民共和国建筑法》的规定
    C. 行业默认　　　　　　　　　　　　　　D. 标准规范

11. 实施监理的某工程项目，在施工过程中发现质量问题，监理工程师发出《监理工程师通知单》以后，下一步要做的工作是（　　）。
    A. 进行原因分析　　　　　　　　　　　　B. 要求有关单位提交质量问题调查报告
    C. 及时向建设单位和监理公司汇报　　　　D. 组织调查取证

12. "将活动和相关的资源作为过程进行管理，可以更高效地得到期望的结果"是 GB/T 19000—2000 族标准质量管理（　　）原则的要求。
    A. 过程方法　　　　　　　　　　　　　　B. 管理的系统方法
    C. 全员参与　　　　　　　　　　　　　　D. 基于事实的决策方法

13. 在正常使用条件下，建筑工程屋面防水工程，有防水要求的卫生间、房间和墙面防渗漏的最低保修期限为（　　）。
    A. 2 年　　　　　　　　B. 4 年　　　　　　　　C. 5 年　　　　　　　　D. 终身

14. 我们通常所说的"吊、靠、量、套"是作业技术活动结果质量检验方法中（　　）的方法。
    A. 目测法　　　　　B. 试验法　　　　　C. 量测法　　　　　D. 标准法

15. 采用综合指标投资估算法进行建设投资估算，在可行性研究阶段，安装工程费一般可以按照（　　）估算。
    A. 设备费的比例
    B. 人工费的比例
    C. 措施费的比例
    D. 材料费占人工、材料、设备费之和的比例

16. 单位工程的观感质量应由验收人员进行现场检查，最后由（　　）确认。
    A. 总监理工程师　　　　　　　　　　　　B. 建设单位代表
    C. 设计单位代表　　　　　　　　　　　　D. 各单位验收人员共同

17. 在分项工程质量评定中，（　　）是保证工程安全或使用性能基本要求的项目。
    A. 保证项目　　　　B. 基本项目　　　　C. 主要项目　　　　D. 允许偏差项目

18. 在质量控制统计方法中，通常所说的鱼刺图是指（　　）。
    A. 排列图　　　　　B. 因果分析图　　　　C. 控制图　　　　D. 直方图

19. 设计单位提供的设计文件应当符合国家规定的设计深度要求，并注明工程合理（　　）。
    A. 工程造价　　　　B. 工程工期　　　　C. 使用年限　　　　D. 施工方案

20. 大型临时设备在使用前，承包单位必须取得（　　）的审查批准，办好相关手续后，监理工程师方可批准投入使用。
    A. 当地劳动安全部门　　　　　　　　　　B. 省（自治区、直辖市）劳动安全部门
    C. 本单位安全部门　　　　　　　　　　　D. 本单位上级安全主管部门

21. 某公司存入银行 100 万元人民币，共存 5 年，年利率为 5.45%，按照单利计息，到期后本息共（　　）万元。
    A. 105.45　　　　　B. 121.8　　　　　C. 127.25　　　　　D. 132.7

22. 某人在银行存一笔钱，方式为三个月定期自动转存。假设三个月定期存款的利率为 4%，则实际年利率为（　　）。
    A. 4.06%　　　　　B. 4.28%　　　　　C. 4.79%　　　　　D. 5.11%

23. 分项工程因达不到合格标准，全部或局部返工重做，其重新评定的质量等级（ ）。

 A. 可以评为合格，也可以评为优良

 B. 只能评为合格，不能评为优良

 C. 只能评为合格，所在分部工程质量不能评为优良

 D. 可以评为优良，所在分部工程质量不能评为优良

24. GB/T 19000—2000 族标准质量管理原则中，首要的原则是（ ）。

 A. 以顾客为关注焦点 B. 领导作用 C. 全员参与 D. 过程方法

25. 监理单位在责任期内，不按监理合同约定履行监理职责，给建设单位或其他单位造成损失的，应承担（ ）责任。

 A. 违法 B. 法律 C. 赔偿 D. 连带

26. 工程作业开始前，承包单位应向监理机构报送试验室（或外委试验室）的（ ）。

 A. 正式委托书 B. 基本情况 C. 资质证明文件 D. 各项管理制度

27. 假设年利率为 4.14% 不变，则 10 年的年金终值系数为（ ）。

 A. 10.41 B. 12.08 C. 14.14 D. 15.45

28. 单位工程由分包单位施工时，分包单位对所承包的工程项目应按规定的程序检查评定，（ ）应派人参加。

 A. 建设单位 B. 监理单位 C. 总分单位 D. 设计单位

29. 表示数据的相对离散波动程度的离散程度特征值是（ ）。

 A. 中位数 B. 方差 C. 标准偏差 D. 变异系数

30. 质量管理体系的（ ）用于确定符合质量管理体系要求的程度和满足质量方针和目标方面的有效性。

 A. 过程评价 B. 审核 C. 自我评价 D. 评审

31. 假设年利率为 4.14% 不变，则 10 年的资金回收系数为（ ）。

 A. 0.124 B. 0.158 C. 0.176 D. 0.264

32. 下列选项中，属于财务评价指标中的静态评价指标的是（ ）。

 A. 投资回收期 B. 净现值指数

 C. 项目投资财务净现值 D. 项目资本金财务内部收益率

33. 在工程项目竣工财务决算报表中，可分为大中型和小型工程项目竣工财务决算报表。小型工程项目竣工决算财务报表比大中型项目竣工决算财务报表缺少（ ）。

 A. 工程项目概况表 B. 财务决算审批表

 C. 交付使用资产明细表 D. 交付使用资产总表

34. 在核定新增资产价值时，报废工程损失应计入（ ）。

 A. 固定资产 B. 流动资产 C. 递延资产 D. 无形资产

35. 建设工程施工图设计阶段的投资控制目标是（ ）。

 A. 设计概算 B. 施工图预算

 C. 建安工程承包合同价 D. 投资估算

36. 当财务内部收益率为（ ），则认为项目在财务上可行（i_c 为行业基准收益率）。

 A. $FIRR \geqslant i_c$ B. $FIRR < i_c$ C. $FIRR > 0$ D. $FIRR < 0$

37. 下列关于限额设计的表述，正确的是（ ）。

 A. 限额设计以动态投资为控制对象 B. 限额设计有利于提高设计方案的先进性

 C. 限额设计着眼于项目全寿命费用的节约 D. 限额设计要求按分解的投资进行专业设计

38. 某企业第 1 年年初向银行借款 100 万元，第 1 年年末又借款 100 万元，第 3 年年初再次借款 100 万元，年利率均为 10%，到第 4 年年末一次偿清，应付本利和为（   ）万元（按复利计算）。
    A. 389.51　　　　　　B. 400.51　　　　　　C. 402.82　　　　　　D. 364.1

39. 我国现实行建筑安装工程价款结算相当一部分是按月结算。若发包人不按合同约定支付月进度款，双方又未达成延期付款协议，导致施工无法进行，则由（   ）承担违约责任。
    A. 承包人　　　　　　B. 监理工程师　　　　C. 发包人　　　　　　D. 分包人

40. 工程项目竣工决算应包括（   ）全过程的全部实际支出费用。
    A. 从开工到竣工　　　B. 从破土动工到竣工　C. 从筹建到竣工投产　D. 从开工到投产

41. 在初步设计阶段，投资控制的目标是（   ）。
    A. 投资估算　　　　　B. 设计概算　　　　　C. 修正概算　　　　　D. 施工图预算

42. 按照工作计算法计算双代号网络计划时间参数，下列选项中应最早计算或确定的是（   ）。
    A. 总时差　　　　　　B. 最迟开始时间　　　C. 计划工期　　　　　D. 自由时差

43. 在双代号网络计划标号法中，源节点是（   ）。
    A. 起始节点
    B. 基本节点
    C. 用于确定本节点标号值的节点
    D. 标号值为 0 的节点

44. 由于业主原因，监理工程师下令工程暂停，导致承包商工期延误和费用增加，则停工期间承包商可索赔（   ）。
    A. 工期、成本和利润
    B. 工期、成本，不能索赔利润
    C. 工期，不能索赔成本和利润
    D. 成本，不能索赔工期和利润

45. 建设工程投资构成中的"积极投资"是指（   ）。
    A. 软件工程投资　　　B. 引进技术投资　　　C. 工程建设其他投资　D. 设备工器具投资

46. 人工消耗定额是指完成（   ）所消耗的人工数量标准。
    A. 单位合格产品　　　B. 一定产品数量　　　C. 单位投资额度　　　D. 单位产品

47. 用实物法编制施工图预算时，紧接"计算工程量"之后的步骤是（   ）。
    A. 套预算人工、材料、机械定额
    B. 套预算定额单价
    C. 进行工料分析
    D. 计算各项费用

48. 工业建设项目为了获得最大利润，同时又能有效地防范和降低投资风险，在建设前期阶段选择方案时应尽量选取（   ）的方案。
    A. 产品销售价格盈亏平衡点高
    B. 不确定性因素敏感性强
    C. 生产能力利用率盈亏平衡点高
    D. 销售收入盈亏平衡点低

49. 关键工作是指（   ）。
    A. 总时差最小的工作
    B. 自由时差最小的工作
    C. 最迟完成时间最晚的工作
    D. 持续时间和消耗资源最多的的工作

50. 双代号时标网络计划中，某线路不出现波形线，这意味着（   ）。
    A. 该线路为关键线路
    B. 该线路不受其他工作影响
    C. 本双代号时标网络计划的计算工期小于计划工期
    D. 本双代号时标网络计划的计算工期大于计划工期

51. 某项目的静态投资为 3750 万元，按进度计划，项目建设期为两年，两年的投资分年使用，第 1 年为 40%，第 2 年为 60%，建设期内平均价格变动率预测为 6%，则该项目建设期的涨价预备费为（　　）万元。

  A. 368.1　　　　　B. 360　　　　　C. 267.5　　　　　D. 370

52. 某工程 1 年建成并投产，寿命期为 10 年，每年净收益 2 万元，按 10% 折现率计算，恰好能在寿命期内把初始投资全部回收，则该项目的初始投资为（　　）万元。

  A. 20　　　　　B. 18.42　　　　　C. 12.29　　　　　D. 10

53. 由于业主原因导致承包商自有机械停工，则台班窝工费一般按（　　）计算。

  A. 台班单价　　B. 台班折旧费　　C. 台班人工费　　D. 台班维护费

54. 某分部工程有 3 个施工过程，各分为 4 个流水节拍相等的施工段，各施工过程的流水节拍分别为 6 天、6 天、4 天。如果组织加快的成倍节拍流水施工，则流水步距和流水施工工期分别为（　　）天。

  A. 2 和 22　　　　B. 2 和 30　　　　C. 4 和 28　　　　D. 4 和 36

55. 在工程网络计划中，如果工作 A 和工作 B 之间的先后顺序关系属于工艺关系，则说明它们的先后顺序是由（　　）决定的。

  A. 劳动力调配需要　　B. 原材料调配需要　　C. 工艺技术过程　　D. 机械设备调配需要

56. 在工程网络计划执行过程中，若某项工作比原计划拖后，而未超过该工作的自由时差，则（　　）。

  A. 不影响总工期，影响后续工作　　　　B. 不影响后续工作，影响总工期

  C. 对总工期及后续工作均不影响　　　　D. 对总工期及后续工作均有影响

57. 图纸会审纪要由（　　）负责整理。

  A. 设计单位　　B. 监理单位　　C. 施工单位　　D. 建设单位

58. 工程设计变更不论由谁提出，都必须征得（　　）同意并且办理设计变更手续。

  A. 施工单位　　B. 建设单位　　C. 监理单位　　D. 设计单位

59. 通过施工招标选定总承包商后，监理工程师应负责（　　）。

  A. 编制工程项目建设总进度计划　　　　B. 编制单位工程施工进度计划

  C. 编制施工组织设计　　　　D. 审核总承包商提交的施工总进度计划

60. 某分项工程实物工程量为 1500m²，该分项工程人工产量定额为 5m²/工日，计划每天安排 2 班，每班 10 人完成该分项工程，则其持续时间为（　　）天。

  A. 15　　　　　B. 30　　　　　C. 60　　　　　D. 75

61. 在工程施工进度计划的实施过程中，为了加快施工进度，可以采取的组织措施是（　　）。

  A. 改进施工工艺和施工技术　　　　B. 采用更先进的施工机械

  C. 对所采取的技术措施给予经济补偿　　D. 增加劳动力和施工机械的数量

62. 单代号网络计划中，（　　）。

  A. 箭线表示工作及其进行的方向，节点表示工作之间的逻辑关系

  B. 节点表示工作，箭线表示工作进行的方向

  C. 箭线表示工作及其进行的方向，节点表示工作的开始或结束

  D. 节点表示工作，箭线表示工作之间的逻辑关系

63. 在双代号时标网络计划中，当某项工作有紧后工作时，则该工作箭线上的波形线表示（　　）。

  A. 工作的总时差　　B. 工作之间的时距　　C. 工作的自由时差　　D. 工作间逻辑关系

64. 在工程网络计划执行过程中，当某项工作的总时差刚好被全部利用时，不会影响（　　）。

A. 其紧后工作的最早开始时间　　　B. 其后续工作的最早开始时间

C. 其紧后工作的最迟开始时间　　　D. 本工作的最早完成时间

65. 当采用 S 曲线比较法时, 如果实际进度点位于计划 S 曲线的右侧, 则该点与计划 S 曲线的垂直距离表明实际进度比计划进度(　　)。

A. 超前的时间　　B. 拖后的时间　　C. 超额完成的任务量　D. 拖欠的任务量

66. 监理工程师受业主委托对物资供应进度进行控制时, 其工作内容包括(　　)。

A. 监督检查订货情况, 协助办理有关事宜

B. 确定物资供应分包方式及分包合同清单

C. 拟定并签署物资供应合同

D. 确定物资供应要求, 并编制物资供应投标文件

67. 建设工程组织流水施工时, 相邻专业工作队之间的流水步距不尽相等, 但专业工作队数等于施工过程数的流水施工方式是(　　)。

A. 固定节拍流水施工和加快的成倍节拍流水施工

B. 加快的成倍节拍流水施工和非节奏流水施工

C. 固定节拍流水施工和一般的成倍节拍流水施工

D. 一般的成倍节拍流水施工和非节奏流水施工

68. 当采用匀速进展横道图比较工作实际进度与计划进度时, 如果表示实际进度的横道线右端点落在检查日期的左侧, 该端点与检查日期的距离表示工作(　　)。

A. 拖欠的任务量　　B. 实际少投入的时间　C. 进度超前的时间　　D. 实际多投入的时间

69. 固定节拍流水施工的特点是(　　)。

A. 所有专业队只在第一施工段采用固定节拍

B. 所有施工过程在各个施工段的流水节拍均相等

C. 专业队数等于施工段数

D. 各个专业队在各施工段可间歇作业

70. 对于建筑工程项目, 按照国家标准可以划分为(　　)等层次。

A. 检验批、分项、分部、单位工程　　　B. 资源投入、生产过程、产出品

C. 施工准备、施工过程、竣工验收　　　D. 施工人员、检验人员、监理人员

71. 在某工程双代号网络计划中, 如果以某相同关键节点为完成节点的工作有 3 项, 则该 3 项工作(　　)。

A. 全部为关键工作　　　　　　　　　B. 至少有一项为关键工作

C. 自由时差相等　　　　　　　　　　D. 总时差相等

72. 在某工程网络计划中, 已知工作 M 没有自由时差, 但总时差为 5 天, 监理工程师检查实际进度时发现该工作的持续时间延长了 4 天, 说明此时工作 M 的实际进度(　　)。

A. 既不影响总工期, 也不影响其后续工作的正常进行

B. 不影响总工期, 但将其紧后工作的最早开始时间推迟 4 天

C. 将使总工期延长 4 天, 但不影响其后续工作的正常进行

D. 将其后续工作的开始时间推迟 4 天, 并使总工期延长 1 天

73. 已知工程网络计划中某工作的自由时差为 5 天, 总时差为 7 天。监理工程师在检查进度时发现只有该工作实际进度拖延, 且影响工期 3 天, 则该工作实际进度比计划进度拖延(　　)天。

A. 10　　　　　　　　B. 8　　　　　　　　C. 7　　　　　　　　D. 3

74. 在建设工程施工阶段，监理工程师进度控制的工作内容包括（　　）。

    A. 审查承包商调整后的施工进度计划

    B. 编制施工总进度计划和单位工程施工进度计划

    C. 协助承包商确定工程延期时间和实施进度计划

    D. 按时提供施工场地并适时下达开工令

75. 物资储备计划的编制依据是物资储备定额和（　　）。

    A. 物资供应计划　　　　B. 物资需求计划　　　　C. 物资采购计划　　　　D. 物资加工计划

76. 某工程双代号时标网络计划如下图所示，其中工作 A 的总时差为（　　）。

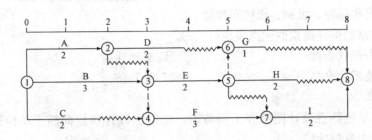

    A. 0　　　　　　　　　B. 1　　　　　　　　　C. 2　　　　　　　　　D. 3

77. 工程开工前，应该对建设单位给定的原始基准点、基准线和标高等测量控制点进行复核，该复测工作应由（　　）完成。

    A. 勘察单位　　　　　B. 设计单位　　　　　C. 施工单位　　　　　D. 监理单位

78. 当工程网络计划中某项工作的实际进度偏差影响到总工期而需要通过缩短某些工作的持续时间调整进度计划时，这些工作是指（　　）的可被压缩的工作。

    A. 关键线路和超过计划工期的非关键线路上

    B. 关键线路上资源消耗量比较少

    C. 关键线路上持续时间比较长

    D. 施工工艺及采用技术比较简单

79. 监理工程师对施工质量的检查与验收，必须在承包单位（　　）的基础上进行。

    A. 班组自检和互检　　B. 班组自检和专检　　C. 自检并确认合格　　D. 班组自检合格

80. 施工过程中，监理单位见证取样的试验费用应由（　　）支付。

    A. 承包单位　　　　　B. 建设单位　　　　　C. 监理单位　　　　　D. 施工和监理单位共同

二、**多项选择题**（共 40 题，每题 2 分。每题的备选项中，有 2 个或 2 个以上符合题意，至少有 1 个错项。错选，本题不得分；少选，所选的每个选项得 0.5 分）

81. 下列选项中，需要持证上岗的特殊作业人员的是（　　）。

    A. 电工

    B. 电焊工

    C. 混凝土工

    D. 架子工

    E. 钢筋工

82. 就工程变更事宜，应在（　　）各方取得一致意见后在工程变更单上签字。

    A. 建设单位

    B. 承包单位

    C. 监督部门

    D. 项目监理机构

    E. 设计单位

83. 施工图设计阶段的监理工作是（　　）。

A. 督促并控制设计单位按照委托设计合同约定的日期，保质、保量、准时交付施工图及概（预）算文件

B. 审核设计单位交付的施工图及概（预）算文件，并提出评审验收报告

C. 根据有关法规的规定，对报送施工图进行审查

D. 编写工作总结报告，整理归档监理资料

E. 为设计单位提供技术咨询和服务

84. 下列选项属于钢筋安装工程质量验收主控项目的是（　　）。

A. 纵向受力钢筋的连接方式　　　　　B. 接头位置和数量

C. 机械连接、焊接的外观质量　　　　D. 机械连接和焊接接头的力学性能

E. 受力钢筋和品种、级别、规格和数量

85. 工程质量数据的抽样检验的优点包括（　　）。

A. 具有充分的代表性　　　　　　　　B. 准确性高

C. 可用于破坏性检验　　　　　　　　D. 较经济

E. 数据可靠

86. 为了使施工单位熟悉设计图纸和工程特点，应组织设计单位向施工单位进行设计交底，设计交底的内容包括（　　）。

A. 设计依据及参数　　　　　　　　　B. 设计意图

C. 结构特点　　　　　　　　　　　　D. 设计计算方法

E. 施工要求

87. 下列选项属于对工程产品质量目测法的手段的是（　　）。

A. 靠　　　　　　　　　　　　　　　B. 套

C. 摸　　　　　　　　　　　　　　　D. 敲

E. 理化试验

88. 工程质量事故处理结束后，监理工程师在施工单位自检合格报验的基础上，应严格按验收标准及有关规范的规定并结合（　　）进行验收。

A. 监理人员的旁站、巡视和平行检验结果　B. 质量事故处理方案的要求

C. 实际量测结果　　　　　　　　　　D. 有关的各种资料数据

E. 建设单位意见

89. 建设单位在工程开工前，负责办理有关（　　）手续，组织设计和施工单位认真进行设计交底。

A. 工程施工许可证　　　　　　　　　B. 工程保险

C. 工程质量监督　　　　　　　　　　D. 设备购销合同

E. 施工图设计文件审查

90. 在材料的质量检验中，常用材料的试验项目有（　　）。

A. 一般试验项目　　　　　　　　　　B. 其他试验项目

C. 重要试验项目　　　　　　　　　　D. 特殊试验项目

E. 最终试验项目

91. 监理现场监督检查的方式有（　　）。

A. 旁站　　　　　　　　　　　　　　B. 资料审查

C. 巡视　　　　　　　　　　　　　　D. 验收

E. 平行检查

92. 监理工程师应根据工程的（   ）等条件，确定参与投标企业的类型及资质等级。

    A. 规模
    B. 结构
    C. 类型
    D. 特点
    E. 工期

93. 进行建设投资估算常用的方法有（   ）。

    A. 生产能力指数法
    B. 比例估算法
    C. 头脑风暴法
    D. 指数平移法
    E. 综合指标投资估算法

94. 抽样检验方案将检查评判为合格而接受的概率的数值可以用（   ）等公式计算或查图表得到。

    A. 超几何分布
    B. 正态分布
    C. 二项分布
    D. 泊松分布
    E. 指数分布

95. 认证机构收到申请方的质量管理体系认证正式申请后，将对申请方的申请文件进行审查。下列有关认证申请的审查和批准的说法，正确的是（   ）。

    A. 审查质量手册的内容是否覆盖了质量管理体系标准要求的内容
    B. 经审查符合规定的申请要求，则批准注册并颁发注册证书
    C. 申请单位在提交申请书时，应同时预交认证费用
    D. 认证机构决定接受申请后，应向申请单位发出"接受申请通知书"
    E. 认证机构应审查申请内容，包括填报的各项内容是否完整正确

96. 下列说法正确的是（   ）。

    A. 概算指标是编制初步设计概算的依据
    B. 基础定额主要是统一预算工程量计算规则、项目划分、计量单位的依据
    C. 基础定额是编制概算定额及投资估算指标的依据
    D. 预算定额可作为编制标底的基础
    E. 概算定额是编制预算定额的基础

97. 设计标准的作用包括（   ）。

    A. 对项目规模、内容、建造标准进行控制
    B. 减少设计工程量和预算工程量
    C. 提高设计效率
    D. 提高建筑物功能，降低成本
    E. 促进建筑工业化，装配化，加快建设速度

98. 下列选项属于财务评价指标中动态评价指标的是（   ）。

    A. 投资回收期
    B. 净现值指数
    C. 项目投资财务净现值
    D. 项目资本金财务内部收益率
    E. 项目投资财务内部收益率

99. 项目环境影响评价的原则包括（   ）。

    A. 符合环境保护法律法规
    B. 环境效益与经济效益要统一
    C. 坚持"四同时"原则
    D. 力求环境效益与经济效益相统一
    E. 注重资源综合利用

100. 采用概率分析进行建设工程投资方案的不确定性分析，应对方案的（   ）作出某种概率描述，从而对方案的风险情况作出比较准确的判断。

    A. 终值
    B. 净现值

C. 净现金流量   D. 经济效果指标

E. 变现能力

101. 可行性研究报告的内容包括( )。

  A. 市场调查与市场预测   B. 建设规模与产品方案

  C. 设计概算   D. 节能措施

  E. 节水措施

102. 施工图设计是在( )的基础上进行详细、具体的设计。

  A. 最终设计   B. 初步设计

  C. 详细调查   D. 技术方案

  E. 设计方案

103. 重点审查法审查施工图预算时，重点审查的对象是( )。

  A. 工程量大或造价高的项目   B. 补充定额

  C. 编制依据   D. 定额中的单价是否合理

  E. 取费基础

104. 下列说法正确的是( )。

  A. 竣工决算是承包商与业主办理工程款最终结算的依据

  B. 竣工决算是竣工验收报告的重要组成部分

  C. 竣工结算是业主办理交付、验收、动用各类新增资产的依据

  D. 竣工结算是承包商与业主签订的建筑安装工程承包合同终结的凭证

  E. 竣工结算是业主编制竣工决算的主要依据

105. 下列关于不平衡报价的说法，正确的是( )。

  A. 对后期的施工分项，单价适当提高

  B. 估计施工中工程量可能增加的项目，单价提高

  C. 工程内容说明不清的，单价提高

  D. 没有工程量，只填单价的项目，单价提高

  E. 图纸有误，估计修改后工程量可能增加的项目，单价提高

106. 某分部工程时标网络计划如下图所示，其实际进度如图中前锋线所示，该图表明( )。

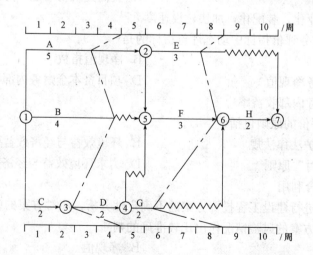

    A. 第 4 个周末检查时，预计工期将延长 1 周

    B. 第 4 个周末检查时，只有工作 D 拖后而影响工期

    C. 第 4 个周末检查时，工作 A 尚有总时差 1 周

    D. 第 8 个周末检查时，工作 G 进度拖后并影响工期

    E. 第 8 个周末检查时，工作 E 实际进度不影响总工期

107. 建设工程设计阶段进度控制的任务包括（　　）。

    A. 编制工程项目总进度计划　　　　　B. 编制阶段性设计进度计划

    C. 编制详细的出图计划　　　　　　　D. 编制设计总进度计划

    E. 编制单位工程施工进度计划

108. 某分部工程双代号网络图如下图所示，其作图错误表现为（　　）。

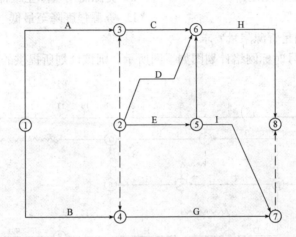

    A. 有多个起点节点　　　　　　　　　B. 有多个终点节点

    C. 节点编号有误　　　　　　　　　　D. 存在循环回路

    E. 有多余虚工作

109. 为了更好地了解建设工程实际进展情况，由监理工程师提供的进度报表格式的内容一般包括（　　）。

    A. 工作的开始时间与完成时间　　　　B. 工作间的逻辑关系

    C. 完成工作时各项资源消耗的成本　　D. 完成各工作所达到的质量标准

    E. 各工作时差的利用

110. 建设工程组织依次施工时，其特点包括（　　）。

    A. 没有充分地利用工作面进行施工，工期长

    B. 如果按专业成立工作队，则各专业队不能连续作业

    C. 施工现场的组织管理工作比较复杂

    D. 单位时间内投入的资源量较少，有利于资源供应的组织

    E. 相邻两个专业工作队能够最大限度地搭接作业

111. 在某工程网络计划中，已知工作 M 的自由时差为 3 天。如果在该网络计划的执行过程中发现工作 M 的持续时间延长了 2 天，而其他工作正常，则此时工作 M（　　）。

    A. 不会使总工期延长　　　　　　　　B. 不影响其后续工作的正常进行

    C. 总时差不变，自由时差减少 2 天　　D. 总时差和自由时差各减少 2 天

E. 自由时差不变，总时差减少2天

112. 在施工进度计划的调整过程中，压缩关键工作持续时间的技术措施有（   ）。

    A. 增加劳动力和施工机械的数量　　　B. 改进施工工艺和施工技术

    C. 采用更先进的施工机械　　　　　　D. 改善外部配套条件

    E. 采用工程分包方式

113. 下列关于流水施工进度计划的表述正确的是（   ）。

    A. 按施工工艺顺序分过程不分段绘制　　B. 按施工组织顺序不分过程分段绘制

    C. 按施工顺序分过程分段绘制　　　　　D. 各专业队在各施工段均应连续施工

    E. 相邻专业队投入流水施工应实现最大搭接

114. 对工程网络计划进行优化，其目的是使该工程（   ）。

    A. 计算工期满足要求工期　　　　　　B. 资源需用量降至最低

    C. 总成本降至最低　　　　　　　　　D. 资源强度降至最低

    E. 资源需用量满足资源限量要求

115. 某分部工程双代号时标网络计划图如下图所示，则该计划所提供的正确信息有（   ）。

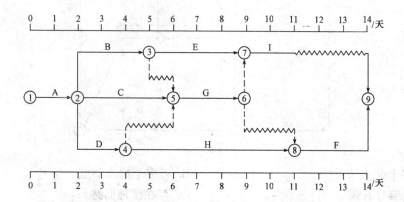

    A. 工作B的总时差为3天　　　　　　B. 工作C的总时差为2天

    C. 工作D为关键工作　　　　　　　　D. 工作E的总时差为3天

    E. 工作G的自由时差为2天

116. 组织流水施工时，划分施工段的原则是（   ）。

    A. 能充分发挥主导施工机械的生产率

    B. 根据各专业队的人数随时确定施工段的段界

    C. 施工段的段界尽可能与结构界限相吻合

    D. 划分施工段只适用于道路工程

    E. 施工段的数目应满足合理组织流水施工的要求

117. 工程项目施工阶段进度控制工作细则的主要内容包括（   ）。

    A. 施工进度控制目标分解图　　　　　B. 工程进度款支付时间与方式

    C. 进度控制人员的职责分工　　　　　D. 施工机械进出场安排

    E. 进度控制目标实现的风险分析

118. 下列关于双代号时标网络计划的说法，正确的有（   ）。

    A. 虚箭线只能水平画

    B. 双代号时标网络计划具有横道计划直观易懂的优点

C. 双代号时标网络计划将时间参数直观地表达出来

D. 实箭线的水平投影长度表示该工作的持续时间

E. 双代号时标网络计划宜按照各项工作的最早开始时间编制

119. 时标网络计划的坐标体系包括（　　）。

A. 计算坐标体系 　　　　　　　　　B. 参数坐标体系

C. 工作日坐标体系 　　　　　　　　D. 日历坐标体系

E. 里程碑坐标体系

120. 网络图的费用优化是指寻求（　　）的过程。

A. 工程总成本最低时候的工期安排 　B. 要求工期寻求最低成本的计划安排

C. 要求工程效果最低成本的计划安排 D. 工程总成本最低时候的工程效果安排

E. 要求工期寻求最佳工程效果的计划安排

C. ...
...

参考答案

一、单项选择题

1	B	2	C	3	C	4	B	5	A
6	B	7	C	8	D	9	D	10	A
11	D	12	A	13	C	14	C	15	A
16	D	17	A	18	B	19	C	20	D
21	C	22	A	23	A	24	A	25	C
26	C	27	B	28	C	29	D	30	B
31	A	32	A	33	D	34	A	35	A
36	A	37	D	38	B	39	C	40	C
41	A	42	C	43	C	44	B	45	D
46	A	47	A	48	D	49	A	50	A
51	A	52	C	53	B	54	A	55	C
56	C	57	C	58	B	59	D	60	A
61	D	62	D	63	C	64	C	65	D
66	A	67	D	68	A	69	B	70	A
71	B	72	B	73	A	74	A	75	B
76	B	77	C	78	A	79	C	80	A

二、多项选择题

81	ABD	82	ABCD	83	ABCD	84	ADE	85	ABCD
86	BCE	87	CD	88	ABCD	89	ACE	90	AB
91	ACE	92	ACD	93	ABE	94	ACD	95	ADE
96	ACD	97	ACE	98	BCDE	99	ADE	100	CD
101	ABDE	102	BE	103	ABE	104	BDE	105	BDE
106	ADE	107	BCD	108	AE	109	ABE	110	ABD
111	ABD	112	BC	113	CDE	114	ACE	115	ABCD
116	ACE	117	ACE	118	BCDE	119	ACD	120	AB

建设工程质量、投资、进度控制（五）

一、单项选择题（共 80 题，每题 1 分。每题的备选项中，只有 1 个最符合题意）

1. 监理工程师利用一定的检查或检测手段，在承包单位自检的基础上，按照一定的比例独立进行检查或检测的活动是（ ）。
   A. 抽检
   B. 旁站
   C. 巡检
   D. 平行检验

2. 建设工程质量控制的工作中，向厂家订购设备质量控制工作的首要环节是（ ）。
   A. 进行设备采购招投标
   B. 选择一个合格的供货厂商
   C. 完成相关设计文件
   D. 选定建设工程承包单位

3. 设计交底与图纸会审通常由（ ）来组织。
   A. 设计单位
   B. 施工单位
   C. 监理单位
   D. 上级主管部门

4. 应在（ ）按合同规定确认是否需要由设备制造单位、订货单位、建设单位代表、设计单位代表参加设备交货的检查与清点工作。
   A. 货物离岸前
   B. 货物到岸前
   C. 开箱前
   D. 进场前

5. 质量管理八项原则可以指导组织意在通过关注顾客的需求预期而达到（ ）的目的。
   A. 确保顾客满足
   B. 改进其总体业绩
   C. 评定质量管理体系运行状况
   D. 提高领导作用

6. 设备进入安装现场前，应由总包单位或安装单位向（ ）提交《工程材料/构配件/设备报审表》。
   A. 建设单位
   B. 设计单位
   C. 监理机构
   D. 建设质量行政主管部门

7. 在工程项目质量控制中，建设监理质量控制的特点是（ ）控制。
   A. 内部的、自身的
   B. 内部的、纵向的
   C. 外部的、横向的
   D. 外部的、纵向的

8. 一般通用或小型设备，出厂前装配不合格的，应在（ ）后找出原因，制定相应的方案再做装配。
   A. 进行整机检验
   B. 拆卸
   C. 返回车间重新调试
   D. 重新监造

9. 在材料的质量控制中，对进口的材料设备应进行（ ）。
   A. 免检
   B. 少量检验
   C. 抽检
   D. 全检

10. 设备调平找正的步骤是（ ）。
    A. 设备找正，设备初平，设备调平
    B. 设备找正，设备初平，设备精平
    C. 确定纵横线，确定标高，调节水平度
    D. 设备初平，测定标高，设备精平

11. 单位工程质量验收结论应由（ ）填写。
    A. 施工单位
    B. 监理单位
    C. 建设单位
    D. 工程质量监督机构

12. 设计交底会议纪要、图纸会审纪要经（ ）签认，即成为施工和监理的依据。
    A. 建设单位
    B. 建设单位和设计单位
    C. 设计单位
    D. 参与建设各方

13. 由于基槽部位的重要性，在开挖验收时均要有（   ）的相关人员参加，并请当地或主管质量监督部门参加。

    A. 咨询单位   B. 建设单位上级主管部门

    C. 勘察、设计单位   D. 分包单位

14. （   ）是项目建设程序的最后一个环节。

    A. 竣工验收   B. 工程备案   C. 交付使用   D. 工程保修

15. 投资者可筹集到的优先资金如果不用于拟建项目而用于其他最佳投资机会所能获得的收益率是（   ）。

    A. 最优收益率   B. 机会成本率   C. 资源优化率   D. 有效收益率

16. 某承包商从一生产厂家购买了相同规格的大批预制构件，进场后码放整齐。对其进行进场检验时，为了使样本更有代表性，宜采用（   ）的方法。

    A. 全数检验   B. 分层抽样   C. 简单随机抽样   D. 等距抽样

17. （   ）的质量控制是最基本的质量控制。

    A. 检验批   B. 分项工程   C. 分部工程   D. 施工作业过程

18. 在工程项目设计阶段，监理工程师应对"三废"治理工程设计方案进行审核，审核的内容包括（   ）。

    A. 设计依据和参数   B. 设计标准和要求

    C. 项目的组成和工艺流程   D. 设计规模和建设期限

19. 分项工程合格质量的条件是，只要构成分项工程的（   ），且均已验收合格，则分项工程验收合格。

    A. 主控项目全数检验合格   B. 一般项目抽样检验合格

    C. 施工过程记录完整   D. 各检验批的验收资料文件完整

20. 同一类质量事故，而原因却可能多种多样，这体现了工程质量事故具有（   ）。

    A. 复杂性   B. 严重性   C. 可变性   D. 多发性

21. 采用敏感性分析进行建设工程投资方案的不确定性分析，时间顺序上排在最前面的一项是（   ）。

    A. 计算敏感度系数

    B. 计算变动因素的临界点

    C. 计算因不确定因素变动引起的评价指标的变动值

    D. 对敏感因素进行排序

22. 建设工程限额设计应按照批准的（   ）控制施工图设计。

    A. 可行性研究报告   B. 初步设计总概算   C. 投资计划   D. 项目有效匡算

23. 施工承包单位按照监理工程师审查批准的配合比进行现场拌合材料的加工，如果现场作业条件发生变化需要对配合比进行调整时，则应执行（   ）程序。

    A. 质量预控   B. 承包商自检   C. 质量检验   D. 技术复核

24. 按《建筑工程施工质量验收统一标准》的规定，依专业性质、建筑部位来划分的工程属于（   ）。

    A. 单位工程   B. 分部工程   C. 分项工程   D. 子分部工程

25. 工程事故发生后，总监理工程师应要求施工单位（   ）h 内写出书面报告。

    A. 7   B. 14   C. 20   D. 24

26. 控制图就是利用（   ）规律来识别生产过程中的异常原因、控制系统性原因造成的质量

波动，保证生产过程处于控制状态。

    A. 质量特性值呈正态分布　　　　　B. 质量特性值呈周期性变化

    C. 质量特性值易于识别　　　　　　D. 质量特性值的稳定状态

27. ( )是指导工程建设的主要文件。

    A. 合同文件　　　　　B. 施工组织设计　　　　C. 工程管理制度　　　　D. 施工图设计

28. 在评价项目时，由于市场需求使得一些参数不确定，而且这些参数变化的概率也不知道，只知其变化的范围时，可以采用的分析方法是( )。

    A. 盈亏平衡分析　　　　B. 敏感性分析　　　　C. 概率分析　　　　D. 随机分析

29. 盈亏平衡分析是一种特殊形式的临界点分析，它适用于财务评价，其计算应按项目投产后的( )计算。

    A. 正常年份　　　　　　　　　　　B. 计算期内的平均值

    C. 年产量　　　　　　　　　　　　D. 单位产品销售价格

30. 可较准确地反映实际水平，适用于市场经济条件的施工图预算编制方法是( )。

    A. 实物法　　　　　B. 分项详细估算法　　　　C. 单价法　　　　D. 综合指标法

31. 设计方案选择最常用的方法是( )。

    A. 逐项审查法　　　　B. 分组计算审查法　　　　C. 重点审查法　　　　D. 比较分析法

32. 在价值工程一般工作程序中，功能评价是属于( )的工作内容。

    A. 准备阶段　　　　　B. 分析阶段　　　　C. 创新阶段　　　　D. 实施阶段

33. 项目可行性研究的核心内容是( )。

    A. 投资估算与资金筹措　　　　　　B. 需求预测和拟建规模

    C. 建设条件与厂址方案　　　　　　D. 项目经济评价

34. 工程量清单主要用于编制招标工程的标底价格和供投标人进行投标报价，由( )提供。

    A. 招标人　　　　　B. 国家统一　　　　C. 监理机构　　　　D. 承包人

35. 下列说法中，符合标底价格编制原则的是( )。

    A. 标底价格应由成本、税金组成，不包含利润部分

    B. 一个工程可根据投标企业的不同编制若干个标底价格

    C. 标底的计价依据可由编制单位自主选择

    D. 标底价格作为招标单位的期望计划价，应力求与市场的实际变化相吻合

36. 当初步设计有详细设备清单时，可按( )编制设备安装单位工程概算。

    A. 概算指标法　　　　　　　　　　B. 扩大单价法

    C. 预算单价法　　　　　　　　　　D. 按设备费的百分率法

37. 某土方工程发包方提出的估计工程量为 $3000 m^3$，合同中规定土方工程单价为 32 元/m^3，实际工程量超过估计工程量 10% 时，调整单价，为 30 元/m^3。工程结束时实际完成土方工程量为 $3600 m^3$，则土方工程款为( )万元。

    A. 11.46　　　　　B. 10.8　　　　　C. 11.52　　　　　D. 11.40

38. 承包人擅自变更设计发生的费用和由此导致发包人的直接损失，应由( )承担。

    A. 承包人　　　　　B. 发包人　　　　C. 设计单位　　　　D. 监理工程师

39. 项目监理机构在施工阶段投资控制的主要任务不包括( )。

    A. 审查工程变更方案　　　　　　　B. 进行工程计量

    C. 协助业主与承包单位签订承包合同　　　D. 签署工程款支付证书

40. 当项目处于规划或项目建议书阶段，又无其他类似工程可以参照时，其投资估算的编制

方法一般采用( )。

    A. 资金周转率法   B. 朗格系数法

    C. 生产能力指数法   D. 设备费用的百分率估算法

41. 在用实物法编制施工图预算中，计算完工程量之后的步骤是( )。

    A. 套单位估价表   B. 套当时当地的人、料、机单价

    C. 套预算人、料、机定额用量   D. 套费用定额

42. 时标网络计划的坐标体系中，( )主要用作网络计划时间参数的计算。

    A. 计算坐标体系   B. 工作日坐标体系   C. 参数坐标体系   D. 日历坐标体系

43. 网络图的( )是指寻求工程总成本最低时候的工期安排，或要求工期寻求最低成本的计划安排的过程。

    A. 工期优化   B. 工期成本优化   C. 效果优化   D. 资源优化

44. 某企业第 1 年年初向银行借款 100 万元，第 1 年年末又借款 100 万元，第 3 年年初再次借款 100 万元，年利率均为 10%，到第 4 年年末一次偿清，则应付本利和为( )万元（按复利计算）。

    A. 389.51   B. 400.51   C. 402.82   D. 364.1

45. 采用估算工程量单价合同时，工程款的结算是按( )计算确定的。

    A. 业主提供的工程量及承包商所填报的单价

    B. 业主提供的工程量及实际发生的单价

    C. 实际完成的工程量及承包商所填报的单价

    D. 实际完成的工程量及实际发生的单价

46. 在建设工程竣工决算中，不计入新增固定资产价值的有( )。

    A. 已经投入生产或交付使用的建筑安装工程造价

    B. 勘察设计费

    C. 施工机构迁移费

    D. 其他在建的建筑安装工程造价

47. 在建设项目投资构成中，单机无负荷试运转费包含在( )中。

    A. 联合试运转费   B. 安装工程费   C. 间接费   D. 预备费

48. 某建设项目向银行一次性贷款 300 万元，年利率 10%，贷款期限为 5 年，按复利计算，则第 5 年末需偿还银行本利和( )万元。

    A. 439.23   B. 531.48   C. 584.61   D. 48.15

49. 进行网络图费用优化，应针对( )的关键工作。

    A. 直接费用率最大   B. 直接费用率最小   C. 资源消耗最多   D. 资源消耗最少

50. 采用方差值最小法进行网络图"工期固定、资源均衡"的资源优化，发现某工作资源需用量平方和增量为负值，说明该工作( )能令资源需求量更加均衡。

    A. 结束时间左移一个时间单位   B. 结束时间右移一个时间单位

    C. 开始时间左移一个时间单位   D. 开始时间右移一个时间单位

51. 某工程招标文件中，混凝土估计工程量为 10000m³，合同中规定混凝土单价为 400 元/m³，若实际完成工程量与估计工程量的变动大于 10% 时，则进行调价，调价系数为 0.9。竣工时实际完成混凝土工程量为 15000m³，则混凝土工程款为( )万元。

    A. 600   B. 584   C. 580   D. 540

52. 对承包人超出设计图纸范围的工程量，监理工程师应( )。

    A. 经发包人同意后计量   B. 与承包人协商后计量

    C. 在竣工结算时计量   D. 不予计量

53. 在工程项目交付使用资产总表中，融资费用应列入（   ）。

    A. 固定资产   B. 流动资产   C. 无形资产   D. 其他资产

54. 采用装运港船上交货价（FOB）进口设备时，卖方的责任是（   ）。

    A. 承担货物装船后的一切费用和风险   B. 承担国际运费

    C. 负责提供有关装运单据   D. 负责办理保险及支付保险费

55. $FNPV=0$，表明项目获利程度（   ）。

    A. 低于基准收益率   B. 高于基准收益率   C. 等于基准收益率   D. 等于零

56. 重要的关键性大型设备，应由（   ）组织鉴定小组进行检验。

    A. 专业工程师   B. 监理工程师

    C. 公司经理   D. 建设单位技术负责人

57. 当按工程项目施工层次划分系统控制过程时，（   ）的质量控制是最基本的质量控制。

    A. 检验批   B. 分部工程   C. 施工作业过程   D. 分项工程

58. 根据质量管理的基本原理，要进行 PDCA 循环，其中"D"是指（   ）。

    A. 计划   B. 处理   C. 检查   D. 实施

59. 工程项目建设总进度计划中不应包括的内容是（   ）。

    A. 工程项目一览表   B. 投资计划年度分配表

    C. 竣工投产交付使用表   D. 工程项目进度平衡表

60. 监理工程师受建设单位委托对某建设工程设计和施工实施全过程监理时，应（   ）。

    A. 审核设计单位和施工单位提交的进度计划，并编制监理总进度计划

    B. 编制设计进度计划，审核施工进度计划，并编制工程年、季、月实施计划

    C. 编制设计进度计划和施工总进度计划，审核单位工程施工进度计划

    D. 审核设计单位和施工单位提交的进度计划，并编制监理总进度计划及其分解计划

61. 监理工程师控制施工进度的工作内容包括（   ）。

    A. 确定施工方案   B. 确定进度控制方法

    C. 编制单位工程施工进度计划   D. 编制材料、机具供应计划

62. 为了有效地控制建设工程进度，监理工程师要在设计准备阶段（   ）。

    A. 进行环境及施工现场条件的调查和分析

    B. 编制设计阶段工作计划及详细的出图计划

    C. 进行工期目标和进度控制的决策工作

    D. 审查工程项目建设总进度计划并控制其执行

63. 在建设工程进度监测过程中，监理工程师要想更准确地确定进度偏差，其中的关键环节是（   ）。

    A. 缩短进度报表的间隔时间   B. 缩短现场会议的间隔时间

    C. 将进度报表与现场会议的内容更加细化   D. 对所获得的实际进度数据进行加工处理

64. 某工作是由三个性质相同的分项工程合并而成。各分项工程的工程量和时间定额分别是：$Q_1=2300m^3$，$Q_2=3400m^3$，$Q_3=2700m^3$；$H_1=0.15$ 工日/m^3，$H_2=0.20$ 工日/m^3，$H_3=0.40$ 工日/m^3。则该工作的综合时间定额是（   ）工日/m^3。

    A. 0.35   B. 0.33   C. 0.25   D. 0.21

65. 监理工程师受业主委托对建设项目设计和施工实施全过程监理时，应（   ）。

A. 审核设计单位分专业设计进度计划，编制设计总进度计划

B. 审核单位工程、分部工程进度计划，编制施工总进度计划

C. 审核设计单位和施工单位提交的进度计划，编制总进度计划及其分解计划

D. 审核项目总进度计划，编制工程项目年度计划

66. 在双代号时标网络计划中，关键线路是指( )。

A. 没有虚工作的线路 B. 由关键节点组成的线路

C. 没有波形线的线路 D. 持续时间最长工作所在的线路

67. 在工程网络计划的执行过程中，监理工程师检查实际进度时，只发现工作 M 的总时差由原计划的 2 天变为 −1 天，说明工作 M 的实际进度( )。

A. 拖后 3 天，影响工期 1 天 B. 拖后 1 天，影响工期 1 天

C. 拖后 3 天，影响工期 2 天 D. 拖后 2 天，影响工期 1 天

68. 某大型群体工程项目的施工任务分期、分批分别发包给若干个承包单位时，该项目的施工总进度计划应当由( )负责编制。

A. 施工总包单位 B. 施工联合体 C. 监理工程师 D. 工程业主

69. 在下列施工组织方式中，不能实现工作队专业化施工的组织方式是( )。

A. 依次施工和流水施工 B. 平行施工和流水施工

C. 依次施工和平行施工 D. 平行施工和搭接施工

70. 凡由承包单位负责采购的原材料、半成品或构配件，在采购订货前应向( )申报。

A. 监理工程师 B. 建设单位 C. 业主 D. 材料工程师

71. 在双代号或单代号网络计划中，工作的最早开始时间应为其所有紧前工作( )。

A. 最早完成时间的最大值 B. 最早完成时间的最小值

C. 最迟完成时间的最大值 D. 最迟完成时间的最小值

72. 在工程施工进度计划的实施过程中，为了加快施工进度，可以采取的技术措施是( )。

A. 增加每天的施工时间 B. 采用更先进的施工方法

C. 实施强有力的调度 D. 增加工作面

73. 监理工程师控制建设工程进度的技术措施是指( )。

A. 建立工程进度报告制度及进度信息沟通网络

B. 协调合同工期与进度计划之间的关系

C. 加强风险管理，预测风险因素并提出预防措施

D. 审查承包商提交的进度计划，使承包商在合理的状态下施工

74. 某工程双代号网络计划如下图所示，其关键线路有( )条。

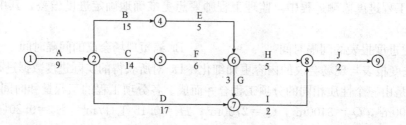

A. 2 B. 3 C. 4 D. 5

75. 在网络计划工期优化过程中，当出现两条独立的关键线路时，在考虑对质量、安全影响

的基础上，优先选择的压缩对象应是这两条关键线路上（　　）的工作组合。

A. 资源消耗量之和最小　　　　　　B. 直接费用率之和最小

C. 持续时间之和最长　　　　　　　D. 间接费用率之和最小

76. 当工程网络计划的计算工期不等于计划工期时，下列说法正确的是（　　）。

A. 关键节点最早时间等于最迟时间

B. 关键工作的自由时差为零

C. 关键线路上相邻工作的时间间隔为零

D. 关键工作最早开始时间等于最迟开始时间

77. 施工阶段，当现场各级施工准备工作检查后，由（　　）发布开工令。

A. 业主　　　　　　　　　　　　　B. 总监理工程师

C. 城建主管部门　　　　　　　　　D. 施工企业的技术负责人

78. 当采用匀速进展横道图比较法时，如果表示实际进度的横道线右端点位于检查日期的右侧，则该端点与检查日期的距离表示工作（　　）。

A. 实际少消耗的时间　　　　　　　B. 实际多消耗的时间

C. 进度超前的时间　　　　　　　　D. 进度拖后的时间

79. （　　）是保证达到施工质量要求的必要前提。

A. 作业技术交底　　　　　　　　　B. 质量控制点的设置

C. 技术方案先行　　　　　　　　　D. 测量及计量器具的性能和精度

80. 作业技术交底是取得好的施工质量的条件之一，为此，每一分项工程开始实施前均要进行交底，技术交底书应由（　　）编制。

A. 专业监理工程师　　　　　　　　B. 主管技术人员

C. 项目经理　　　　　　　　　　　D. 建设单位技术负责人

二、多项选择题 （共40题，每题2分。每题的备选项中，有2个或2个以上符合题意，至少有1个错项。错选，本题不得分；少选，所选的每个选项得0.5分）

81. 招标采购设备质量控制的工作内容有（　　）。

A. 协助建设单位起草招标文件

B. 参加对设备供货制造厂商或投标单位的考察

C. 参与议标的工作

D. 帮助建设单位进行综合比较和确定中标单位

E. 协助建设单位向中标单位移交必要的技术文件

82. 设备开箱检查的内容包括（　　）。

A. 包装情况　　　　　　　　　　　B. 设备名称

C. 装箱清单　　　　　　　　　　　D. 设备有无缺损件

E. 设备性能有无缺陷

83. 施工过程中技术复核工作的主要内容可概括为（　　）。

A. 图纸审查　　　　　　　　　　　B. 隐蔽工程的检查验收

C. 技术交底　　　　　　　　　　　D. 工序间交接检查验收

E. 工程施工预检

84. 建筑工程施工质量验收标准、规范体系的编制指导思想是（　　）。

A. 验评分离　　　　　　　　　　　B. 强化验收

C. 完善手段　　　　　　　　　　　D. 过程控制

E. 预防为主

85. 对施工现场不同的原材料、半成品、工序、过程或工程产品的质量检验可以划分为不同的检验方式。下列检验对象中可予以免检的是（　　）。

A. 有足够证据证明有质量保证的一般材料

B. 破坏性试验项目，质量保证资料齐全时

C. 耐久性试验项目，质量保证资料齐全时

D. 质量长期稳定且质量保证资料齐全的材料

E. 只有通过对施工过程的严格监控而很难再对内在质量做出检验的产品

86. 对设备检查验收的要求主要包括（　　）。

A. 是否符合生产工艺的要求　　　　　　B. 预埋件数量和位置的正确性

C. 基础的稳定性　　　　　　　　　　　D. 混凝土质量是否达到设计要求

E. 基础断面尺寸、位置、标高、平整度是否符合要求

87. 下列选项可以作为一个检验批的是（　　）。

A. 模板安装　　　　　　　　　　　　　B. 模板拆除

C. 钢筋安装　　　　　　　　　　　　　D. 钢筋加工

E. 预应力混凝土

88. 在生产过程中要进行检验和试验，以保证生产过程的正常和稳定，为此供方应建立进行检验和试验活动的文件化工作程序，这些工作程序包括（　　）检验和试验的工作程序。

A. 进货　　　　　　　　　　　　　　　B. 过程

C. 阶段　　　　　　　　　　　　　　　D. 紧急

E. 最终

89. 在对进场施工机械设备的性能及工作状态进行质量控制时，监理工程师的工作包括（　　）。

A. 考察施工机械设备的工作效率和可维修性

B. 对于有特殊安全要求的机械设备应要求承包单位在使用前办理相关手续

C. 核对承包单位报送的进场设备清单

D. 考察施工机械的性能参数是否与施工对象的特点相适应

E. 实际复验重要工程机械的工作状态

90. 控制施工工序质量等方面的技术规范性依据包括（　　）。

A. 有关建筑安装作业方面的操作规程　　B. 有关工程施工及验收的规范

C. 工程承包合同文件　　　　　　　　　D. 工程项目质量检验评定标准

E. 设计文件

91. 设计标准是国家经济建设的重要技术规范，是进行工程建设（　　）的重要依据。

A. 勘察　　　　　　　　　　　　　　　B. 设计

C. 施工　　　　　　　　　　　　　　　D. 备案

E. 验收

92. 最高管理者可将质量管理原则作为发挥其作用的依据，其作用有（　　）。

A. 确保获得必要资源　　　　　　　　　B. 有助于组织解决问题并提高效率

C. 决定改进的措施　　　　　　　　　　D. 确保整个组织关注顾客需求

E. 决定有关方针的措施

93. 价值工程对象选择时应考虑的方面包括（　　）。

A. 设计方面
B. 咨询方面
C. 施工生产方面
D. 销售方面
E. 成本方面

94. 监理工程师对工程承包单位资质的核查内容包括（　　）。
A. 建设业绩
B. 建设规模
C. 技术措施
D. 技术装备
E. 资金情况

95. 在我国现行的施工管理中，为确保工程质量，承包单位在施工组织设计中加入了（　　）等质量计划的内容。
A. 质量强制标准
B. 质量目标
C. 质量验收标准
D. 质量管理
E. 质量保证措施

96. 在单位工程或子单位工程质量验收时，应对其是否符合设计和规范要求及总体质量水平做出评价，其综合验收结论由参加验收的（　　）共同商定。
A. 建设单位
B. 设计单位
C. 监理单位
D. 工程质量监督机构
E. 施工单位

97. 排列图是一种常见的质量控制统计分析方法，它可用于（　　）。
A. 分析造成质量问题的薄弱环节
B. 评价生产过程的能力
C. 掌握质量数据的分布规律
D. 分析质量控制措施的有效性
E. 找出生产不合格品最多的关键过程

98. 价值工程信息资料搜集的方法通常有（　　）。
A. 咨询法
B. 面谈法
C. 观察法
D. 书面调查法
E. 历史数据整理法

99. 对涉及建筑主体和承重结构变动的装修工程，建设单位应在施工前委托（　　）提出设计方案，经原审查机构审批后方可施工。
A. 原施工单位
B. 原设计单位
C. 原监理单位
D. 原咨询单位
E. 相应资质等级的设计单位

100. 在进行网络图"工期固定、资源均衡"的资源优化时，优化的方法包括（　　）。
A. 方差值最小法
B. 方差值最大法
C. 极差值最小法
D. 极差值最大法
E. 削高峰法

101. 工程质量事故处理完成后进行的鉴定验收，监理工程师应（　　）。
A. 办理交工验收文件
B. 组织各有关单位会签
C. 验收鉴定结论
D. 拒绝处理后不满足要求工程的验收
E. 进行检测鉴定

102. 质量管理体系认证的特征包括（　　）。
A. 已获得质量管理体系认证的企业，不需再进行产品认证
B. 必须由第三方认证机构进行客观评价，得出结论

C. 认证的依据只能是 ISO 9001

D. 认证的合格标志可用于宣传，也可用于具体产品上

E. 认证的结论是企业的质量管理体系是否符合国际标准的要求

103. 影响基准收益率的因素有( )。

    A. 加权平均资金成本率   B. 项目投资的最高回报率

    C. 投资的机会成本率   D. 影子汇率

    E. 通货膨胀率

104. 建筑工程概算审查的内容包括( )。

    A. 设计规范是否合理   B. 工程量计算规则是否合理

    C. 工程量计算是否正确   D. 费用计算是否正确

    E. 定额或指标的采用是否合理

105. 由于承包商的原因造成工期延误，业主进行反索赔，在确定违约金费率时，一般应考虑( )等因素。

    A. 业主盈利损失   B. 由于工期延长造成的贷款利息增加

    C. 由于工期延长带来的附加监理费   D. 由于工期延长导致的设备涨价

    E. 由于工程延期不能使用，继续租用原建筑物或租用其他建筑物的租赁费

106. 建安工程直接工程费中的人工费主要包括( )。

    A. 生产工人的基本工资   B. 管理人员的基本工资

    C. 生产人员的工资性补贴   D. 生产人员的劳动保护费

    E. 生产人员的养老保险费

107. 下列属于静态评价指标的是( )。

    A. 财务净现值   B. 投资回收期

    C. 财务内部收益率   D. 投资利润率

    E. 投资利税率

108. 建筑安装工程直接工程费中的人工费包括( )。

    A. 交通补贴   B. 住房补贴

    C. 失业保险费   D. 职工福利费

    E. 防暑降温费

109. 业主决定采用哪种合同形式，应根据( )综合考虑。

    A. 设计工作深度   B. 工期长短

    C. 质量要求的高低   D. 工程复杂程度

    E. 施工单位的要求

110. 专业监理工程师进行现场计量的依据是( )。

    A. 工期定额   B. 质量合格证书

    C. 技术规范   D. 设计图纸

    E. 工程量计算规则

111. 企业定额的作用表现在( )。

    A. 企业计划管理的依据

    B. 国家宏观调控的依据

    C. 计算工人劳动报酬的依据

    D. 编制设计概算、加强企业成本管理的基础

E. 投标报价的依据

112. 横道图和网络图是建设工程进度计划的常用表示方法，将双代号时标网络计划与横道计划相比较，它们的特点是（　　）。

A. 时标网络计划和横道计划均能直观地反映各项工作的进度安排及工程总工期

B. 时标网络计划和横道计划均能明确地反映工程费用与工期之间的关系

C. 横道计划不能像时标网络计划一样，明确地表达各项工作之间的逻辑关系

D. 横道计划与时标网络计划一样，能够直观地表达各项工作的机动时间

E. 横道计划不能像时标网络计划一样，直观地表达工程进度的重点控制对象

113. 在工程建设设计阶段，监理工程师控制进度的主要任务包括（　　）。

A. 审核项目总进度计划　　　　　　B. 审核设计总进度计划

C. 审核各专业工程的出图计划　　　D. 对施工现场条件的调研和分析

E. 监督设计工作进度计划的实施

114. 在工程双代号网络计划中，某项工作的最早完成时间是指其（　　）。

A. 开始节点的最早时间与工作总时差之和

B. 开始节点的最早时间与工作持续时间之和

C. 完成节点的最迟时间与工作持续时间之差

D. 完成节点的最迟时间与工作总时差之差

E. 完成节点的最迟时间与工作自由时差之差

115. 监理工程师控制建设工程进度的组织措施包括（　　）。

A. 落实进度控制人员及其职责　　　B. 审核承包商提交的进度计划

C. 建立进度信息沟通网络　　　　　D. 建立进度协调会议制度

E. 协调合同工期与进度计划之间的关系

116. 对工程网络计划进行优化，其目的是使该工程（　　）。

A. 资源强度达到最低　　　　　　　B. 总费用达到最低

C. 资源需用量尽可能均衡　　　　　D. 资源需用量达到最少

E. 计算工期满足要求工期

117. 在网络计划的工期优化过程中，为了有效地缩短工期，应选择（　　）的关键工作作为压缩对象。

A. 持续时间最长　　　　　　　　　B. 缩短时间对质量影响不大

C. 直接费用最小　　　　　　　　　D. 直接费用率最小

E. 有充足备用资源

118. 搭接网络计划中，存在（　　）等几种搭接关系。

A. STF　　　　　　　　　　　　　B. STS

C. FTF　　　　　　　　　　　　　D. FTS

E. SFT

119. 在多级网络计划体系中，综合网络计划的目的在于（　　）。

A. 便于掌握各个子网络之间的相互衔接和制约关系

B. 便于进行建设工程总体进度计划的综合平衡

C. 便于从局部和整体两个方面随时了解工程建设实施情况

D. 提高网络计划时间参数的计算速度，节省时间

E. 使得进度计划的调整既能考虑局部，又能保证整体

120. 在实际进度检测与调整的系统过程，进度计划执行中的跟踪检查工作中，监理工程师应当认真做好的工作有（　　）。

A. 定期收集进度报表资料　　　　　B. 编制完善的总进度计划

C. 成立进度控制信息系统　　　　　D. 现场实地检查工程进展情况

E. 定期召开现场会议

参考答案

一、单项选择题

1	D	2	B	3	C	4	C	5	B
6	C	7	C	8	B	9	D	10	B
11	B	12	D	13	C	14	A	15	B
16	B	17	D	18	A	19	D	20	A
21	C	22	B	23	D	24	B	25	D
26	A	27	D	28	B	29	A	30	A
31	D	32	B	33	D	34	A	35	D
36	C	37	A	38	A	39	C	40	A
41	C	42	A	43	B	44	B	45	C
46	D	47	B	48	D	49	B	50	D
51	B	52	D	53	A	54	C	55	C
56	B	57	C	58	D	59	C	60	D
61	B	62	A	63	D	64	C	65	C
66	C	67	A	68	C	69	C	70	A
71	A	72	B	73	D	74	C	75	B
76	C	77	B	78	C	79	B	80	B

二、多项选择题

81	ABDE	82	ABCD	83	BDE	84	ABCD	85	ADE
86	BDE	87	ABCD	88	ABE	89	BCE	90	AB
91	ABCE	92	ACDE	93	ACDE	94	ADE	95	BDE
96	ABCE	97	ADE	98	BCD	99	BE	100	ACE
101	ABCD	102	BCE	103	ACE	104	CDE	105	ABCE
106	ACD	107	BDE	108	ABDE	109	ABD	110	BCDE
111	ACE	112	ACE	113	BCE	114	BD	115	ACD
116	BCE	117	BDE	118	ABCD	119	ABCE	120	ADE

建设工程质量、投资、进度控制（六）

一、单项选择题（共80题，每题1分。每题的备选项中，只有1个最符合题意）

1. 下列选项属于建筑工程分部工程的划分的是（　　）。
   A. 模板工程　　　　　B. 混凝土工程　　　　C. 钢筋工程　　　　D. 建筑电气

2. 分部工程验收的基础是（　　）。
   A. 质量控制资料完整　　　　　　　　　B. 所含分项工程质量验收合格
   C. 安全检验和抽样检测结果合格　　　　D. 功能检验和抽样检测结果合格

3.《工程质量评估报告》是工程验收中的重要资料，应由（　　）签署。
   A. 总监理工程师和监理单位技术负责人　　B. 建设单位项目负责人和监理单位负责人
   C. 总监理工程师和质监站监督员　　　　　D. 建设单位项目负责人和总监理工程师

4. 在各个层次的验收中，（　　）有观感质量验收的规定。
   A. 分部工程和单位工程　　　　　　　　B. 检验批
   C. 检验批和分项工程　　　　　　　　　D. 分项工程和分部工程

5. 工程质量事故发生后，总监理工程师首先应进行的工作是签发《工程暂停令》，并要求施工单位采取（　　）的措施。
   A. 抓紧整改，早日复工　　　　　　　　B. 防止事故扩大并保护好现场
   C. 防止事故信息被不正常披露　　　　　D. 对事故责任人加强监督

6. 检验批和分项工程验收记录应（　　）。
   A. 在验收前由施工单位填写　　　　　　B. 在验收前由建设单位填写
   C. 在验收前由监理单位填写　　　　　　D. 在验收后由监理单位填写

7. 对施工过程的质量监控，必须以（　　）为基础。
   A. 设置质量控制点　　B. 工程质量预控　　C. 工序质量控制　　D. 质量监督检查

8. 钢筋混凝土施工中，骨料中的活性氧化硅会导致碱骨料反应从而引起（　　）。
   A. 混凝土强度降低　　B. 混凝土强度增大　　C. 钢筋锈蚀加速　　D. 混凝土产生裂缝

9. 监理工程师应在承包单位质检合格的基础上，对隐蔽工程进行（　　）。
   A. 全数检验　　　　　B. 整群抽样检验　　　C. 随机抽样检验　　D. 分层抽样检验

10. 总监理工程师发现其所监理的工程发生一质量问题，遂发出了工程暂停令。进行至核签处理方案的步骤时，如发现该质量问题可不作处理，则紧接下来的工作是（　　）。
    A. 发出工程复工令　　　　　　　　　　B. 继续施工
    C. 组织调查取证　　　　　　　　　　　D. 提交质量问题调查报告

11. 在质量控制中，要分析某个质量问题产生的原因，应采用（　　）法。
    A. 排列图　　　　　　B. 因果分析图　　　　C. 控制图　　　　　D. 直方图

12. 工程的（　　）使得质量目标和水平具体化。
    A. 设计　　　　　　　B. 施工　　　　　　　C. 决策　　　　　　D. 可行性研究

13. 关键部位或技术难度大、施工复杂的分项工程施工前，承包单位的技术交底书（作业指导书）要报（　　）审查。
    A. 单位工程技术负责人　　　　　　　　B. 项目经理

C. 监理工程师　　　　　　　　　　D. 专业工程师

14. 建设工程中的质量事故，往往在一些工程部位中经常发生，这体现了工程质量事故的（　　）。

A. 复杂性　　　　B. 严重性　　　　C. 可变性　　　　D. 多发性

15. 在价值工程功能评价时，会议主持人将拟解决的问题抽象后抛出，与会人员讨论并充分发表看法，适当时机会议主持人再将原问题抛出继续讨论，这一方法是（　　）。

A. 德尔菲法　　　　B. 头脑风暴法　　　　C. 专家会议法　　　　D. 哥顿法

16. 总承包单位在收到总监理工程师对分包的批准通知后，应尽快与分包单位签订分包协议，并将协议副本报送（　　）备案。

A. 建设单位　　　　B. 监理单位　　　　C. 监督单位　　　　D. 招投标主管部门

17. 在制定检验批抽样方案时，主控项目对应于合格质量水平的 α 和 β 均不宜超过（　　）。

A. 3%　　　　B. 4%　　　　C. 5%　　　　D. 6%

18. 对总体中全部个体编号，采用抽签、摇号、随机数字表等方法确定中选号码，相应的个体为样品。这种方法为（　　）。

A. 纯随机抽样　　　　B. 分层抽样　　　　C. 等距抽样　　　　D. 整群抽样

19. 工程质量问题经处理后，质量问题的调查报告应由（　　）提交。

A. 施工单位　　　　B. 监理单位　　　　C. 责任单位　　　　D. 调查组

20. 一般中小型单体设备，可只进行（　　）后，即可交付生产。

A. 整机检验　　　　B. 单机试车　　　　C. 联动试车　　　　D. 投料试车

21. 在建设工程总概算组成中，勘察设计费属于（　　）。

A. 工程费用　　　　　　　　　　B. 工程建设其他费用

C. 预备费　　　　　　　　　　D. 工程准备费

22. 在编制建筑工程概算时，首先应根据（　　）按照概算定额中划分的项目计算工程量。

A. 概算指标　　　　　　　　　　B. 可行性研究报告

C. 初步设计图纸和说明书　　　　D. 综合概算

23. 对于 ISO 9000 族标准，我国目前采用的方式是（　　）。

A. 等同采用　　　　B. 等效采用　　　　C. 参照执行　　　　D. 参考采用

24. 在工程设计准备阶段，编制（　　）是确保设计质量的重要环节。

A. 设计合同　　　　B. 设计文案　　　　C. 设计纲要　　　　D. 设计图纸

25. 施工图设计文件的审核是根据国家法律、法规、技术标准与规范，对工程项目的结构安全和强制性标准、规范执行情况等进行的独立审查，审查工作由（　　）进行。

A. 建设行政主管部门　　　　　　B. 监理单位

C. 质量监督站　　　　　　　　　D. 施工图审查机构

26. 在现场施工准备的质量控制中，项目监理机构对工程施工测量放线的复核控制工作应由（　　）负责。

A. 监理单位技术负责人　　　　　B. 现场监理员

C. 测量专业监理工程师　　　　　D. 总监理工程师

27. 编制工程项目总概算书的基础文件是（　　）。

A. 概算定额　　　　　　　　　　B. 可行性研究报告

C. 初步设计图纸和说明书　　　　D. 综合概算

28. 对涉及施工作业技术活动的基准和依据的技术工作，应由（　　）进行技术复核。

A. 监理工程师　　　B. 现场监理员　　　C. 承包单位　　　D. 建设单位

29. 在工程项目质量检验评定中，分部工程的基本评定方法是用(　　)评定。

A. 综合方法　　　B. 测评方法　　　C. 分析方法　　　D. 统计方法

30. 直方图法出现绝壁形，是由于(　　)造成的。

A. 分组不当或组距确定不当　　　　B. 操作中对上限控制太严格

C. 数据收集不正常或存在某种人为因素　　　D. 原材料发生变化

31. 将综合单价分为全费用综合单价和部分费用综合单价是根据(　　)的不同而划分的。

A. 单价综合内容　　B. 单价综合深度　　C. 单价综合范畴　　D. 单价综合性质

32. 施工说明书的条款只有在(　　)一致同意的情况下才能修改。

A. 发包方和监理方

B. 发包方和承包方

C. 发包方和设计方

D. 发包方、监理方、设计方、承包方和监督管理部门

33. 某进口设备按人民币计算，离岸价 830 万元，到岸价 920 万元，银行财务费 4.15 万元，外贸手续费 13.8 万元，增值税 198.72 万元，进口设备检验鉴定费 3 万元，进口关税率 20%。则该进口设备的抵岸价为(　　)万元。

A. 1212.67　　　　B. 1215.67　　　　C. 1320.67　　　　D. 1323.67

34. 某企业向银行借款，甲银行年利率 8%，每年计息一次；乙银行年利率 7.8%，每季度计息一次。则(　　)。

A. 甲银行实际利率低于乙银行实际利率　　　B. 甲银行实际利率高于乙银行实际利率

C. 甲、乙两银行实际利率相同　　　　D. 甲、乙两银行的实际利率不可比

35. 在设计阶段，运用价值工程方法的目的是(　　)。

A. 提高功能

B. 提高价值

C. 降低成本

D. 提高设计方案施工的便利性

36. 根据 FIDIC 施工合同条件的约定，在施工过程中发生了一个有经验的承包商也无法预见的地质条件变化，导致工程延误和费用增加，则承包商可索赔(　　)。

A. 工期、成本和利润　　　　B. 工期、成本，不能索赔利润

C. 成本、利润，不能索赔工期　　　D. 工期，不能索赔成本和利润

37. 某土方工程，3 月份计划工程量 1 万 m^3，计划单价 10 元/m^3，实际完成工程量 1.1 万 m^3，实际单价 9.8 元/m^3。3 月底该土方工程的进度偏差为(　　)万元。

A. −1.00　　　　B. −0.98　　　　C. −0.78　　　　D. −0.22

38. 对于承包商已完成的工作量的计量，必须经专业监理工程师检验，在工程质量达到(　　)才予以计量。

A. 合同规定的质量标准后　　　　B. 业主满意后

C. 监理工程师满意后　　　　D. 质量合格的标准后

39. 某工业建设项目，需进口一批生产设备，CIF 价为 200 万美元，银行财务费费率为 50‰，外贸手续费费率为 1.5%，关税税率为 22%，增值税税率为 17%，美元对人民币汇率为 1∶8.3，则这批设备应缴纳的增值税为(　　)万元人民币。

A. 282.20　　　　B. 344.28　　　　C. 349.93　　　　D. 41.48

40. 进行项目财务评价时，如果动态投资回收期 P_t 小于计算期 n，则财务净现值 $FNPV$(　　)。

A. <0，项目不可行　　B. >0，项目可行　　　C. <0，项目可行　　　D. >0，项目不可行

41. 某项目现金流量见下表，基准收益率为 12%，则该项目财务净现值为（　　）万元。

年份 项目	0	1	2	3	4
现金流入/万元	0	100	100	100	120
现金流出/万元	200	20	20	20	20

　　A. 55.70　　　　　　　B. 140.00　　　　　　C. 86.40　　　　　　D. 71.06

42. 搭接网络计划的逻辑顺序和搭接关系以（　　）表示。
　　A. 节点　　　　　　　B. 箭线　　　　　　　C. 节点和箭线　　　D. 标号和参数

43. 搭接网络计划中，当（　　）时，说明本工作与其紧后工作之间紧密衔接。
　　A. FTS 时距　　　　　B. STS 时距　　　　　C. FTF 时距　　　　　D. STF 时距

44. 已知年产 120 万 t 某产品的生产系统的投资额为 85 万元，用生产能力指数法估算年产 360 万 t 该产品的生产系统的投资额为（　　）。（$n=0.5$，$f=1$）
　　A. 147.2 万元　　　　B. 127.4 万元　　　　C. 255.3 万元　　　D. 120.5 万元

45. 编制设备安装工程概算时，当初步设计深度不够，设备清单不详细，只有主体设备或仅有成套设备重量时，可采用（　　）编制概算。
　　A. 概算指标法　　　　　　　　　　　　B. 扩大单价法
　　C. 预算单价法　　　　　　　　　　　　D. 按设备费的百分率法

46. 根据《建设工程施工合同》中工程变更款确定方法的约定，当合同中只有类似于变更工程的价格，可以（　　）变更合同款项。
　　A. 按合同已有的价格　　　　　　　　　B. 参照类似的价格
　　C. 由承包人提出适当的变更价格　　　　D. 由工程师提出适当的变更价格

47. 设名义利率为 r，在一年中计算利息 m 次，则当 m 大于 1 时，实际利率将（　　）名义利率 r。
　　A. 不确定　　　　　　　B. 小于　　　　　　　C. 等于　　　　　　　D. 大于

48. 某项目的静态投资为 3750 万元，按进度计划，项目建设期为两年，两年的投资分年使用，第 1 年为 40%，第 2 年为 60%，建设期内平均价格变动率预测为 6%，则该项目建设期的涨价预备费为（　　）。
　　A. 368.1 万元　　　　B. 360 万元　　　　　C. 267.5 万元　　　D. 370 万元

49. 搭接网络计划进行工作总时差的判定过程比起其他种类的网络计划，多了一项判别（　　）的步骤。
　　A. 工作的总时差是否超过自由时差
　　B. 工作的最早开始时间是否早于紧前工作的最迟完成时间
　　C. 工作的最迟完成时间是否超出计划工期
　　D. 工作的计划工期是否小于计算工期

50. 在多级网络计划体系中，局部网络计划由（　　）编制。
　　A. 领导层人员　　　B. 决策层人员　　　C. 管理层人员　　　D. 作业层人员

51. 某建设项目向银行一次贷款 100 万元，年利率 10%（复利），贷款期限为 5 年，则到第 5 年末需一次性偿还银行本利（　　）。

A. 161.05 万元　　　　B. 177.16 万元　　　　C. 194.87 万元　　　　D. 146.41 万元

52. 运用生产能力指数法进行投资估算，当生产能力扩大一倍，价格调整系数为 1，n 为 0.5 时，投资需增加（　　）倍。

A. 2.0　　　　　　　　B. 1.0　　　　　　　　C. 0.4　　　　　　　　D. 1.4

53. 具有准确性高，能较好地反映实际价格水平的施工图预算编制方法是（　　）。

A. 单价法　　　　　B. 扩大单价法　　　　C. 实物法　　　　D. 分项详细估算法

54. 编制资金使用计划过程中最重要的步骤是（　　）。

A. 选择合适的编制方法　　　　　　　B. 确定资金总额

C. 分解项目的投资目标　　　　　　　D. 调整计划值

55. 教育费附加的计费基础是（　　）。

A. 直接工程费＋间接费＋计划利润　　B. 直接工程费

C. 营业税　　　　　　　　　　　　　D. 直接工程费＋间接费

56. 反映项目清偿能力的主要评价指标是（　　）。

A. 静态投资回收期　　　　　　　　　B. 动态投资回收期

C. 固定资产投资借款偿还期　　　　　D. 投资利润率

57. 进口材料的检查验收，应由施工单位和监理单位会同（　　）进行。

A. 国务院质量检测机构　　　　　　　B. 国家商检部门

C. 国务院建设行政主管部门　　　　　D. 业主代表

58. 见证取样是指对工程项目的（　　）的检查实施见证。

A. 工程材料

B. 所使用的材料、半成品、构配件的现场取样

C. 工序活动效果

D. 所使用的材料、半成品、构配件的现场取样和工序活动效果

59. 在双代号网络计划中，关键工作是指（　　）的工作。

A. 最迟完成时间与最早完成时间相差最小　　B. 持续时间最长

C. 两端节点均为关键节点　　　　　　　　　D. 自由时差最小

60. 工程网络计划的费用优化是指寻求（　　）的过程。

A. 工程总成本最低时的工期安排　　　B. 工程直接成本最低时的工期安排

C. 工程间接成本最低时的工期安排　　D. 给定费用前提下的最短工期安排

61. 监理单位受业主的委托进行建设工程设计监理时，应（　　）。

A. 确定设计委托方式及设计合同形式

B. 编制指导性施工总进度计划并控制其实施

C. 落实项目监理机构中专门负责设计进度控制的人员

D. 建立健全设计技术经济定额及设计工作责任制

62. 当建设工程实际施工进度拖后而需要调整施工进度计划时，可采取的组织措施之一是（　　）。

A. 改进施工工艺和施工技术　　　　　B. 采用更先进的施工机械

C. 改善外部协作配合条件　　　　　　D. 增加劳动力和施工机械的数量

63. 在某工程双代号网络计划中，工作 N 的最早开始时间和最迟开始时间分别为第 20 天和第 25 天，其持续时间为 9 天。该工作有两项紧后工作，它们的最早开始时间分别为第 32 天和第 34 天，则工作 N 的总时差和自由时差分别为（　　）天。

A. 3 和 0   B. 3 和 2   C. 5 和 0   D. 5 和 3

64. 在网络计划工期优化过程中，当出现两条独立的关键线路时，在考虑对质量、安全影响的基础上，优先选择的压缩对象应是这两条关键线路上（　　）的工作组合。

     A. 资源消耗量之和最小   B. 直接费用率之和最小

     C. 持续时间之和最长   D. 间接费用率之和最小

65. 当采用匀速进展横道图比较工作实际进度与计划进度时，如果表示实际进度的横道线右端点落在检查日期的右侧，则该端点与检查日期的距离表示工作（　　）。

     A. 实际多投入的时间   B. 进度超前的时间

     C. 实际少投入的时间   D. 进度拖后的时间

66. 当工程网络计划的计算工期小于计划工期时，则（　　）。

     A. 单代号网络计划中关键线路上相邻工作的时间间隔为零

     B. 双代号网络计划中关键节点的最早时间与最迟时间相等

     C. 双代号网络计划中所有关键工作的自由时差全部为零

     D. 单代号搭接网络计划中关键线路上相邻工作的时距之和最大

67. 某工程单代号网络计划如下图所示，其关键线路有（　　）条。

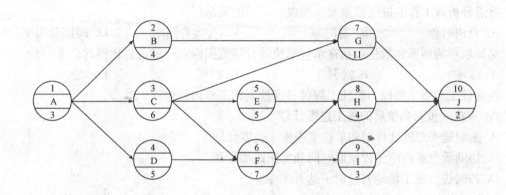

     A. 4   B. 3   C. 2   D. 1

68. 下列属于工程建设进度控制的经济方法之一的是（　　）。

     A. 业主在招标时提出进度优惠条件鼓励承包单位加快进度

     B. 政府有关部门批准年度基本建设计划和制定工期定额

     C. 政府招投标管理机构批准标底文件中的工程总工期

     D. 监理工程师根据统计资料分析影响进度的风险因素

69. 在工程网络计划中，关键工作是指（　　）的工作。

     A. 总时差为零   B. 总时差最小   C. 有自由时差   D. 所需资源最多

70. 见证取样的送检试验室一般应是（　　）。

     A. 建设单位的试验室   B. 施工单位指定的试验室

     C. 第三方试验室   D. 监理单位指定的试验室

71. 在工程网络计划中，如果工作 A 和工作 B 之间的先后顺序关系属于工艺关系，则说明它们的先后顺序是由（　　）决定的。

     A. 劳动力调配需要   B. 原材料调配需要

     C. 工艺技术过程   D. 机械设备调配需要

72. 当工作在不同单位时间里的进展速度不相等时，累计完成的任务量与时间的关系就不可能是线性的，此时应采用（   ）比较法进行工作实际进度与计划进度的比较。

   A. 匀速进展横道图   B. 列表   C. 非匀速进展横道   D. S 曲线

73. 在流水施工方式中，加快的成倍节拍流水施工的特点之一是（   ）。

   A. 相邻专业工作队之间的流水步距相等，且等于流水节拍的最大公约数

   B. 相邻专业工作队之间的流水步距相等，且等于流水节拍的最小公倍数

   C. 相邻专业工作队之间的流水步距不尽相等，但流水步距之间为倍数关系

   D. 相邻专业工作队之间的流水步距不尽相等，但流水步距是流水节拍的倍数

74. 在网络计划工期优化过程中，当出现两条独立的关键线路时，应选择的压缩对象分别是这两条关键线路上（   ）的工作。

   A. 持续时间最长   B. 资源消耗最少   C. 直接费最少   D. 直接费用率最小

75. 在工程网络计划中，工作的自由时差是指在不影响（   ）的前提下，该工作可以利用的机动时间。

   A. 紧后工作最早开始   B. 后续工作最迟开始

   C. 紧后工作最迟开始   D. 本工作最早完成

76. 在工程网络计划的执行过程中，如果需要判断某项工作的进度偏差是否影响总工期，应重点分析该工作的进度偏差与其相应（   ）的关系。

   A. 自由时差   B. 总时差   C. 直接费用率   D. 间接费用率

77. 见证取样的频率和数量包括在承包单位的自检范围内，一般占总比例的（   ）。

   A. 15%   B. 20%   C. 25%   D. 30%

78. 在建设工程施工阶段，监理工程师进度控制的工作内容包括（   ）。

   A. 审查承包商调整后的施工进度计划

   B. 编制施工总进度计划和单位工程施工进度计划

   C. 协助承包商确定工程延期时间和实施进度计划

   D. 按时提供施工场地并适时下达开工令

79. 如果工程变更涉及结构主体及安全，该工程变更要按有关规定报送施工图（   ）进行审批，否则变更不能实施。

   A. 建设行政主管部门   B. 原审查单位   C. 承包单位   D. 监理机构

80. 在成品保护中，对进出口台阶应用垫砖或方木搭脚手架的方式，便于行人通过，属于（   ）的保护措施。

   A. 防护   B. 包裹   C. 封闭   D. 覆盖

二、多项选择题（共 40 题，每题 2 分。每题的备选项中，有 2 个或 2 个以上符合题意，至少有 1 个错项。错选，本题不得分；少选，所选的每个选项得 0.5 分）

81. 分部（子分部）工程验收记录表格中，验收单位包括（   ）等。

   A. 分包单位   B. 勘察单位

   C. 规划单位   D. 施工单位

   E. 监理单位

82. 在竣工验收时，对于某些剩余工程和缺陷工程，在不影响交付的前提下，经（   ）协商，施工单位应在竣工验收后的限定时间内完成。

   A. 建设单位   B. 小业主代表

   C. 设计单位   D. 施工单位

E. 监理单位

83. 质量管理体系的理论说明是整个质量管理体系基础的总纲，它说明了（　　）。

A. 质量管理体系的重要作用
B. 顾客对组织的重要性
C. 顾客对组织持续改进的影响
D. 质量管理体系的要求
E. 质量管理体系的目的就是帮助组织增进顾客满意

84. 下列工程质量问题成因中，属于施工与管理不到位的有（　　）。

A. 无图施工
B. 不熟悉图纸盲目施工
C. 图纸未经会审仓促施工
D. 施工方案考虑不周，施工顺序颠倒
E. 技术交底不清，违章作业

85. GB/T 19000—2000 族核心标准的构成有（　　）。

A. GB/T 19000—2000 质量管理体系—基础和术语
B. GB/T 19001—2000 质量管理体系—要求
C. GB/T 19004—2000 质量管理体系—业绩改进指南
D. ISO 19000—2000 质量管理体系审核指南
E. ISO 19011—2000 质量和环境审核指南

86. 设备安装前，设备安装单位要提交设备检查验收方案，方案的内容应包括（　　）。

A. 验收方法
B. 检查验收记录
C. 质量标准
D. 检查验收所用计量仪器、设备
E. 检查验收依据

87. 严重质量事故的判断标准包括（　　），只要满足其中一条即可判定为严重质量事故。

A. 直接经济损失在 5 万～10 万元的
B. 严重影响使用功能的
C. 严重影响工程结构安全的
D. 事故造成 2 人以下重伤的
E. 事故造成 1 人死亡的

88. 质量管理体系认证的审核人员要具有（　　）。

A. 科学性
B. 公平性
C. 独立性
D. 公正性
E. 公开性

89. 设备招标采购一般用于（　　）的订货。

A. 大型、复杂、关键设备
B. 成套设备
C. 电气设备
D. 暖卫设备
E. 生产线设备

90. 监理工程师对勘察、设计单位的资质进行核查时，应重点核查其（　　）。

A. 营业执照的有效期
B. 近期承揽任务的情况
C. 盈利状况
D. 资质证书的类别、等级和适用范围
E. 融资能力

91. 单项工程综合概算由（　　）组成。

A. 各单位建筑工程概算
B. 设备及安装工程概算
C. 工程建设其他费用概算
D. 税金概算
E. 利润概算

92. 在施工质量验收层次的划分中，安装工程的检验批可按（　　）来划分。

    A. 设计系统　　　　　　　　　　　　B. 安装工艺

    C. 主要工种　　　　　　　　　　　　D. 楼层

    E. 组别

93. 施工图预算审查的方法有（　　）等。

    A. 逐项审查法　　　　　　　　　　　B. 分组计算审查法

    C. 重点审查法　　　　　　　　　　　D. "筛选"审查法

    E. 清单审查法

94. 关于敏感性分析，下列说法正确的有（　　）。

    A. 敏感度系数是指评价指标变化率与不确定因素变化率之比

    B. 敏感度系数越大，项目抗风险的能力越强

    C. 敏感度系数越大，项目抗风险的能力越弱

    D. 单因素敏感性分析图中，斜率越大的因素越敏感

    E. 敏感性分析仅适用于财务评价

95. 根据 FIDIC 施工合同条件规定，导致工程延误和成本增加，允许承包商索赔利润的情况有（　　）。

    A. 业主未能提供现场　　　　　　　　B. 法律、法规的变化

    C. 设计错误　　　　　　　　　　　　D. 难以预见的人为障碍

    E. 恶劣气候

96. 在下列费用支出中，形成建设项目新增固定资产的有（　　）。

    A. 建设期利息　　　　　　　　　　　B. 土地使用权出让金

    C. 生产准备费　　　　　　　　　　　D. 联合试运转费

    E. 样品样机购置费

97. 应用表格法进行偏差分析的特点是（　　）。

    A. 形象、直观、一目了然　　　　　　B. 信息量大

    C. 灵活、适用性强　　　　　　　　　D. 一般在项目的较高管理层应用

    E. 表格处理可借助于计算机，从而节约大量数据处理所需的人力，并大大提高速度

98. 影响合同计价方式选择的因素有（　　）。

    A. 项目的复杂程度　　　　　　　　　B. 工程设计工作的深度

    C. 工程施工的难易程度　　　　　　　D. 工程进度要求的紧迫程度

    E. 工程投资目标的约束条件

99. 下列关于偿债备付率的说法，正确的是（　　）。

    A. 是指借款偿还期内，各年可用于支付利息的税息前利润与当期应付利息费用的比值

    B. 是指借款偿还期内，各年可用于还本付息资金与当期应还本付息金额的比值

    C. 在正常情况下应大于 1

    D. 在正常情况下应大于 2

    E. 偿债备付率反映了企业的偿债能力

100. 在实际进度和计划进度的比较工作中，香蕉曲线比较法的作用有（　　）。

    A. 合理安排工程项目进度计划

    B. 有效收集工程实际进度

    C. 定期比较工程项目的实际进度和计划进度

D. 进行进度纠偏

E. 预测后期工程进展趋势

101. 成本加酬金合同适用于（　　）的情况。

  A. 发包方与承包方具有高度信任   B. 工程内容及其技术经济指标明确

  C. 承包方在某些方面具有特长和经验   D. 工程内容及其技术经济指标尚不明确

  E. 发包方工期紧迫，必须进行工程发包

102. 由于承包商不可预见的地质条件变化，导致成本上升和工期延误，承包商可索赔（　　）。

  A. 直接费   B. 间接费

  C. 利润   D. 工期

  E. 材料费

103. 社会评价的主要内容包括（　　）。

  A. 财务评价   B. 社会影响分析

  C. 社会风险分析   D. 互适性分析

  E. 市场分析

104. 现金流入包括（　　）。

  A. 固定资产投资   B. 产品销售收入

  C. 税金   D. 回收固定资产余值

  E. 回收流动资金

105. 进行项目敏感性分析时，不确定因素往往是（　　）。

  A. 产量   B. 财务净现值

  C. 销售价   D. 投资

  E. 回收期

106. 现新建一所大学，（　　）包括在该新建大学教学楼单项工程综合概算中。

  A. 该楼给排水工程概算   B. 该大学预备费

  C. 该大学征地费用   D. 该楼土建工程概算

  E. 该楼电气照明工程概算

107. FIDIC 合同条件下工程费用的支付范围中属于工程量清单以外项目的是（　　）。

  A. 计日工作   B. 迟付款利息

  C. 暂列金额   D. 业主索赔

  E. 保留金

108. 建筑安装工程间接费中的财务费包括（　　）。

  A. 短期贷款利息净支出   B. 汇兑净损失

  C. 金融机构手续费   D. 保险费

  E. 建设期贷款利息

109. 在建设单位的进度计划系统中，工程项目年度计划的编制依据有（　　）。

  A. 工程项目建设总进度计划   B. 综合进度控制计划

  C. 批准的设计文件   D. 设计总进度计划

  E. 施工图设计工作进度计划

110. 某工程双代号网络计划图如下图所示，图中已标出每个节点的最早时间和最迟时间，该计划表明（　　）。

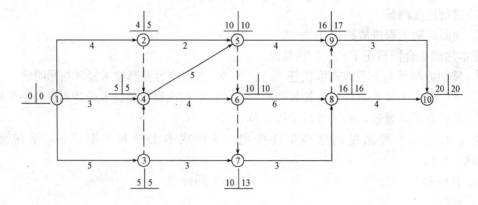

A. 工作 4—6 为关键工作　　　　　B. 工作 2—5 的总时差为 4

C. 工作 7—8 的自由时差为 3　　　　D. 工作 3—7 的自由时差为 2

E. 工作 5—9 的总时差为 1

111. 某工程双代号时标网络计划执行到第 3 周末和第 9 周末时，检查其实际进度如下图前锋线所示，检查结果表明(　　)。

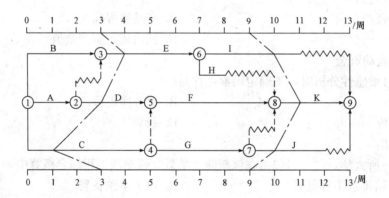

　A. 第 3 周末检查时，工作 E 拖后 1 周，但不影响工期

　B. 第 3 周末检查时，工作 C 拖后 2 周，将影响工期 2 周

　C. 第 3 周末检查时，工作 D 进度正常，不影响工期

　D. 第 9 周末检查时，工作 J 拖后 1 周，但不影响工期

　E. 第 9 周末检查时，工作 K 提前 1 周，不影响工期

112. 为了控制物资供应进度，监理工程师协助业主进行物资供应决策的工作内容包括(　　)。

　A. 根据设计图纸和进度计划确定物资供应要求

　B. 推荐物资供应单位并签署物资供应合同

　C. 组织编制物资供应招标文件

　D. 提出对物资供应单位的要求及其在财务方面应负的责任

　E. 提出物资供应分包方式及分包合同清单

113. 某工作第 4 周之后的计划进度与实际进度如下图所示，从图中可获得的正确信息有(　　)。

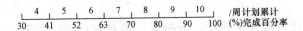

A. 到第3周末，实际进度超前　　　　B. 在第4周内，实际进度超前

C. 原计划第4周至第6周为均速进度　　D. 第6周后半周末进行本工作

E. 本工作提前1周完成

114. 某城市立交桥工程在组织流水施工时，需要纳入施工进度计划中的施工过程包括（　　）。

A. 桩基础灌制　　　　　　　　　　　B. 梁的现场预制

C. 商品混凝土的运输　　　　　　　　D. 钢筋混凝土构件的吊装

E. 混凝土构件的采购运输

115. 工程网络计划费用优化的目的是为了寻求（　　）。

A. 满足要求工期的条件下使总成本最低的计划安排

B. 使资源强度最小时的最短工期安排

C. 使工程总费用最低时的资源均衡安排

D. 使工程总费用最低时的工期安排

E. 工程总费用固定条件下的最短工期安排

116. 某工程双代号网络计划图如下图所示，图中已标出每个节点的最早时间和最迟时间，该计划表明（　　）。

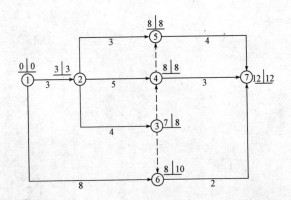

A. 工作2—5为关键工作　　　　　　　B. 工作5—7为关键工作

C. 工作1—6的自由时差为0　　　　　D. 工作4—7的自由时差为1

E. 工作2—3的自由时差为1

117. 在工程网络计划的执行过程中，如果需要判断某项工作的进度偏差对总工期及后续工作的影响程度，应重点分析该工作的进度偏差与其相应（　　）的关系。

A. 总时差　　　　　　　　　　　　　B. 直接费

C. 直接费用率　　　　　　　　　　　D. 自由时差

E. 间接费

118. 在建设工程进度计划调整工作中，分析进度偏差对后续工作及总工期的影响的步骤包括（　　）。

A. 分析进度偏差的影响范围
B. 分析出现进度偏差的工作是否为关键工作
C. 分析进度偏差是否超过总时差
D. 分析进度偏差是否超过自由时差
E. 分析进度偏差是否超过控制时差

119. 建设工程设计主要包括（　　）等。

A. 设计准备阶段
B. 初步设计阶段
C. 深化设计阶段
D. 技术设计阶段
E. 施工图设计阶段

120. 监理工程师控制物资供应进度，在受理物资供应单位投标文件时对于投标文件进行商务评价一般应考虑的因素有（　　）等。

A. 关税
B. 付款条件
C. 价格政策
D. 材料、设备的重量和体积
E. 汇率

参考答案

一、单项选择题

1	D	2	B	3	A	4	A	5	B
6	A	7	C	8	D	9	A	10	A
11	B	12	A	13	C	14	D	15	D
16	B	17	C	18	A	19	A	20	B
21	B	22	C	23	A	24	C	25	D
26	C	27	D	28	C	29	D	30	C
31	A	32	B	33	C	34	A	35	B
36	B	37	A	38	A	39	B	40	B
41	A	42	B	43	A	44	A	45	B
46	B	47	D	48	A	49	C	50	C
51	A	52	C	53	C	54	C	55	C
56	C	57	B	58	D	59	A	60	A
61	C	62	D	63	D	64	B	65	B
66	A	67	C	68	A	69	B	70	C
71	C	72	C	73	A	74	D	75	A
76	B	77	D	78	A	79	B	80	A

二、多项选择题

81	ABDE	82	ACDE	83	ABCE	84	BCDE	85	ABCE
86	ACE	87	ABCD	88	CD	89	ABE	90	ABD
91	ABCE	92	AE	93	ABCD	94	ACD	95	AC
96	AD	97	BCE	98	ABCD	99	BCE	100	ACE
101	ACDE	102	ABD	103	BCD	104	BDE	105	ACD
106	ADE	107	BDE	108	ABC	109	AC	110	BCD
111	BC	112	ADE	113	ACDE	114	ABD	115	AD
116	BCD	117	AD	118	BCD	119	ABDE	120	ABCD

建设工程质量、投资、进度控制（七）

一、单项选择题（共80题，每题1分。每题的备选项中，只有1个最符合题意）

1. 下列关于质量事故调查处理说法，正确的是（　　）。
   A. 质量事故调查组应由建设单位组织成立
   B. 调查报告应在工程质量事故调查结束7个工作日内写出
   C. 质量事故处理报告应由监理单位提交
   D. 监理单位应在研究质量事故调查组的技术处理意见后核签相关单位提交的技术处理方案

2. 某工程存在严重的质量缺陷，但已形成"死活儿"，无法采用加固补强的措施进行处理。作为监理工程师，应要求施工单位（　　）。
   A. 修补处理　　　　　　　　　　　B. 整体拆除全面返工
   C. 不作处理　　　　　　　　　　　D. 将单位工程按报废处理

3. 向施工承包单位支付工程款项，必须有（　　）审核签认的支付证明书。
   A. 总会计师　　　B. 总经济师　　　C. 总监理工程师　　　D. 总工程师

4. 工程质量事故处理方案的辅助决策方法中的实验验证，采用的是（　　）。
   A. 合同约定的常规实验　　　　　　B. 合同约定以外的试验方法
   C. 由施工单位同建设单位商定的试验方法　　D. 由建设单位同监理单位商定的试验方法

5. 检验批的质量验收记录中的验收结论应由（　　）填写。
   A. 专业监理工程师　　B. 项目专业质检员　　C. 总监理工程师　　D. 建设单位代表

6. 某工程对首层第三施工段的墙体混凝土强度进行了回弹试验，所得强度数据见下表：

点位	1	2	3	4	5	6	7	8	9
强度/MPa	30	35	32	37	39	38	35	33	31

不考虑极端数据的舍弃，则该组强度数据的中位数是（　　）。
   A. 39MPa　　　　B. 34.4MPa　　　　C. 35MPa　　　　D. 31MPa

7. 图纸会审应由（　　）整理会议纪要，与会各方会签。
   A. 设计单位　　　B. 施工单位　　　C. 监理单位　　　D. 建设单位

8. 根据概率数理统计，记点值数据服从（　　）。
   A. 正态分布　　　B. 二项分布　　　C. 线性分布　　　D. 泊松分布

9. 突出"持续改进"是提高质量管理体系（　　）和效率的重要手段。
   A. 科学性　　　B. 有效性　　　C. 符合性　　　D. 适用性

10. 某工程项目部对本项目影响质量的各种因素按照影响大小绘制了帕累托图。某影响因素的累计频率为95%，则该因素对于本工程项目来讲属于（　　）。
    A. 一般因素　　　B. 次要因素　　　C. 较主要因素　　　D. 主要因素

11. 单位工程竣工验收的验收结论应由（　　）填写。
    A. 建设单位　　　B. 监理单位　　　C. 质量监督站　　　D. 设计单位

12. 初步设计阶段设计图纸的审核侧重于工程项目所采用的技术方案是否符合（　　）要求，

以及是否达到项目决策阶段确定的质量标准。

    A. 总体方案　　　　　B. 设计方案　　　　　C. 初步方案　　　　　D. 扩初方案

13. 对于质量控制点，一般要（　　），再制定对策和措施进行预控。

    A. 事先分析可能造成质量问题的原因　　　　　B. 事先分析施工过程中的关键工序

    C. 分析施工过程中的薄弱环节　　　　　D. 分析施工过程中质量不稳定的工序

14. 采用固定总价合同的工程工期一般为（　　）。

    A. 1 年以内　　　　　B. 2 年以内　　　　　C. 6 个月以内　　　　　D. 3 个月以内

15. 下列建设工程承包价格方法中，最少被采用的是（　　）。

    A. 固定单价

    B. 可调总价

    C. 最高限额成本加固定最大酬金　　　　　D. 成本加固定百分比酬金

16. 对于重要的关键性大型设备，应由（　　）组织鉴定小组进行检验。

    A. 专业工程师　　　　　B. 监理工程师　　　　　C. 公司经理　　　　　D. 建设单位技术负责人

17. 检验批、分项、分部和单位工程的划分是为了满足对其进行质量控制和（　　）的需要。

    A. 施工作业　　　　　B. 竣工验收　　　　　C. 工程统计　　　　　D. 检验评定

18. 施工承包单位按照监理工程师审查批准的配合比进行现场拌合材料的加工。如果现场作业条件发生变化需要对配合比进行调整时，则应执行（　　）程序。

    A. 质量预控　　　　　B. 承包商自检　　　　　C. 质量检验　　　　　D. 技术复核

19. 下列不属于建筑工程质量验收标准、规范编制指导思想的是（　　）。

    A. 强化验收　　　　　B. 完善手段　　　　　C. 加强评定　　　　　D. 过程控制

20. 在分项工程质量评定中，（　　）是保证工程安全或使用性能基本要求的项目。

    A. 保证项目　　　　　B. 基本项目　　　　　C. 主要项目　　　　　D. 允许偏差项目

21. 下列建设工程承包价格方法中，能够鼓励承包方最大限度地降低工程成本的是（　　）。

    A. 固定单价

    B. 可调总价

    C. 最高限额成本加固定最大酬金　　　　　D. 成本加固定百分比酬金

22. 下列选项作为签订建设工程承包合同的价格依据的是（　　）。

    A. 工程概算价　　　　　B. 工程预算价　　　　　C. 标底价格　　　　　D. 中标者报价

23. 工程建设的不同阶段对工程项目质量的形成起着不同的作用和影响，决定工程质量的关键阶段是（　　）。

    A. 可行性研究阶段　　　　　B. 决策阶段　　　　　C. 设计阶段　　　　　D. 保修阶段

24. 在三阶段设计过程中，监理工程师对技术设计图纸的审核应侧重于（　　）。

    A. 所采用的技术方案是否符合总体方案的要求

    B. 各专业设计是否符合预定的质量标准和要求

    C. 使用功能及质量要求是否得到满足

    D. 生产工艺的安排是否先进合理

25. 施工承包单位中专业承包企业的资质分为（　　）。

    A. 特、一级、二级、三级　　　　　B. 一级、二级、三级

    C. 一级、二级、三级、四级　　　　　D. 一级、二级

26. 监理工程师进行隐蔽工程质量验收的前提是（　　），并对施工单位的《＿＿＿＿＿＿报验申请表》及相关资料进行审查。

    A. 施工单位已经自检　　　　　B. 施工分包单位已经自检并合格

    C. 施工单位已经自检并合格　　　　　D. 施工单位与施工分包单位已经共同检验

27. 在编制标底价格的时候, 确定利润这一费用的基础是( )。
    A. 行业平均水平　　　　　　　　　　　B. 询价
    C. 市场价　　　　　　　　　　　　　　D. 确定的工程利润百分比基数

28. 在施工质量验收中, 检验批质量验收记录应由( )填写验收结论并签字认可。
    A. 施工单位专职质检员　　　　　　　　B. 施工单位项目经理
    C. 专业监理工程师　　　　　　　　　　D. 总监理工程师

29. 当工程发生需要加固补强的质量问题时, 监理单位应先签发( )。
    A. 监理通知　　B. 工程暂停令　　C. 整改通知　　D. 工程变更单

30. 监理工程师对工程质量事故调查组提出的技术处理意见, 可组织相关单位研究, 责成相关单位完成( )后, 予以审核签认。
    A. 技术论证方案　　B. 技术处理方案　　C. 事故调查报告　　D. 事故处理报告

31. 某施工单位参加一工程项目的投标, 该单位将能早期得到结算付款的分部分项工程的单价定的较高, 对后期施工的分部分项单价适当降低。这一投标报价策略属于( )。
    A. 不平衡报价　　B. 多方案报价法　　C. 先盈后补法　　D. 后期降价法

32. 多级网络计划系统的编制原则不包括( )。
    A. 线性相关原则　　B. 整体优化原则　　C. 连续均匀原则　　D. 简明适用原则

33. 措施项目清单列项不包括( )。
    A. 预留金　　　　B. 环境保护　　　　C. 临时设施　　　　D. 文明施工

34. 建设项目可行性研究报告可作为( )。
    A. 向银行贷款的依据　B. 招投标的依据　　C. 编制施工图的依据　D. 工程结算的依据

35. 设计标准是( )。
    A. 国家经济建设的重要技术规范　　　　B. 强制性技术文件, 对项目投资影响不大
    C. 不分层次的　　　　　　　　　　　　D. 一种基础定额

36. 施工图预算的审查步骤是( )。
    A. 做好准备工作, 选择审查方法, 审查各项内容
    B. 做好准备工作, 选择审查方法, 调整预算
    C. 选择审查方法, 综合整理资料, 调整预算
    D. 准备工作, 选择审查方法, 审查相应内容, 整理并调整定案

37. 工程设计变更由( )审查批准。
    A. 业主　　　　　　B. 监理工程师　　　C. 原设计单位　　　D. 造价工程师

38. 其他项目清单列项不包括( )。
    A. 环境保护　　　　B. 预留金　　　　C. 总承包服务费　　D. 材料购置费

39. 在敏感性分析中, 下列因素中最敏感的是( )。
    A. 寿命缩短 80%, 使 $FNPV=0$　　　　B. 经营成本上升 50%, 使 $FNPV=0$
    C. 产品价格下降 30%, 使 $FNPV=0$　　　D. 投资增加 120%, 使 $FNPV=0$

40. 某工程内容及技术经济指标尚未全面确定, 投标报价的依据尚不充分, 而发包方因工期要求紧迫必须发包的工程, 宜采用( )。
    A. 成本加酬金合同　　　　　　　　　　B. 固定总价合同
    C. 估算工程量单价合同　　　　　　　　D. 可调单价合同

41. 国产设备的原价一般是指( )。
    A. 出厂价　　　　　　　　　　　　　　B. 出厂价与运费、装卸费之和

C. 设备市场价   D. 设备成本价

42. 采用横道图比较法进行实际进度和计划进度的比较中，若每项工作累计完成的任务量与时间成线性关系，说明工作（   ）。

    A. 累计进展效果是均匀的   B. 累计进展效果是线性的

    C. 进展速度是线性的   D. 进展速度是均匀的

43. 采用 S 曲线比较法进行实际进度和计划进度的比较，图形的纵坐标表示（   ）。

    A. 时间   B. 资源   C. 时段完成任务量   D. 累计完成任务量

44. 在概率分析中，不确定因素的概率分布是（   ）。

    A. 未知的   B. 已知的   C. 随机的   D. 确定的

45. 建设工程投资的特点是：建设工程投资数额巨大；建设工程投资差异明显；（   ）；建设工程投资确定层次繁多。

    A. 建设工程投资控制必须委托监理

    B. 建设工程投资对每项工程必须分别采用不同定额

    C. 建设工程投资确定依据复杂

    D. 建设工程投资控制包括索赔计算

46. 工程量计算的依据是设计图纸和（   ）。

    A. 设计总说明   B. 承包商上报的工作量

    C. 工程量计算规则   D. 总监要求

47. 项目的社会评价中，分析是否会诱发民族矛盾称为（   ）。

    A. 社会影响分析   B. 互适性分析   C. 社会风险分析   D. 政治风险分析

48. 采用扩大单价法编制建筑工程概算时，主要依据（   ）。

    A. 单位估价表   B. 扩大单位估价表   C. 概算指标   D. 估算指标

49. 采用前锋线比较法进行实际进度和计划进度的比较，通过实际进度与计划进度的比较确定进度偏差后，还可根据工作的（   ）预测该进度偏差对后续工作及项目总工期的影响。

    A. 累计完成量   B. 自由时差和总时差

    C. 计划工期   D. 计算工期

50. 在工程项目施工中，对于主要的建筑材料半成品等，由于数量大，通常应进行（   ）。

    A. 二次检验   B. 特殊检验   C. 抽样检验   D. 临时检验

51. 在建设投资中，（   ）属于动态投资部分。

    A. 基本预备费   B. 建设期利息   C. 设备运杂费   D. 铺底流动资金

52. 进口设备银行财务费的计算公式为：银行财务费＝（   ）×人民币外汇牌价×银行财务费率。

    A. 离岸价   B. 到岸价

    C. （离岸价＋国外运费）   D. （到岸价＋外贸手续费）

53. 根据《建设工程工程量清单计价规范》（GB 50500—2003）的规定，综合单价中不包括（   ）。

    A. 人工费   B. 管理费   C. 利润   D. 税金

54. 在项目财务评价中，当借款偿还期（   ）时，即认为方案具有清偿能力。

    A. 小于基准投资回收期   B. 大于基准投资回收期

    C. 小于贷款机构要求期限   D. 大于贷款机构要求期限

55. 根据设计要求，在施工过程中对某屋架结构进行破坏性试验，以提供和验证设计数据，则该项费用应在（　　）中支出。

A. 业主方的研究试验费   B. 施工方的检验试验费

C. 业主方管理费   D. 勘察设计费

56. 某混凝土结构工程，工程量清单中估计工程量为 3000m³，合同规定混凝土结构工程综合单价为 550 元/m³，实际工程量超过估计工程量 10% 以上时，单价调整为 540 元/m³。工程结束时承包商实际完成混凝土结构工程量为 4000m³，则该项工程结算款为（　　）万元。

A. 216.0   B. 219.0   C. 219.3   D. 220.0

57. （　　）能确切地说明数据分布的离散程度和波动规律，是最常用的反映数据变异程度的特征值。

A. 算术平均值   B. 极差   C. 标准偏差   D. 变异系数

58. 施工过程中由偶然性因素引起的质量波动，一般属于（　　）。

A. 系统波动   B. 偶然波动   C. 正常波动   D. 突发波动

59. 某分部工程由 4 个施工过程组成，分为 3 个施工段组织流水施工，其流水节拍（单位：天）见下表。则流水施工工期为（　　）天。

施工过程	施工段		
	①	②	③
Ⅰ	2	4	3
Ⅱ	3	5	4
Ⅲ	4	3	4
Ⅳ	3	4	4

A. 23   B. 21   C. 22   D. 20

60. 建设工程组织流水施工时，相邻专业工作队之间的流水步距不尽相等，但专业工作队数等于施工过程数的流水施工方式是（　　）。

A. 固定节拍流水施工和加快的成倍节拍流水施工

B. 加快的成倍节拍流水施工和非节奏流水施工

C. 固定节拍流水施工和一般的成倍节拍流水施工

D. 一般的成倍节拍流水施工和非节奏流水施工

61. 某工程双代号时标网络计划图如下图所示，其中工作 E 的总时差为（　　）周。

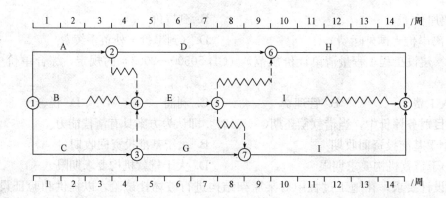

A. 0   B. 1   C. 2   D. 3

62. 当工程网络计划的工期优化过程中出现多条关键线路时，必须（   ）。
     A. 将持续时间最长的关键工作压缩为非关键工作
     B. 压缩各条关键线路上直接费最小的工作的持续时间
     C. 压缩各条关键线路上持续时间最长的工作的持续时间
     D. 将各条关键线路的总持续时间压缩相同数值

63. 在建设工程施工阶段，承包单位需要将施工进度计划提交给监理工程师审查，其目的是为了（   ）。
     A. 听取监理工程师的建设性意见   B. 解除其对施工进度计划的责任和义务
     C. 请求监理工程师优化施工进度计划   D. 表明其履行施工合同的能力

64. 在某工程单代号搭接网络计划中，关键线路是指（   ）的线路。
     A. 相邻两项工作之间的时距之和最大   B. 相邻两项工作之间时间间隔全部为零
     C. 工作的持续时间总和最大   D. 相邻两项工作之间的时距全部为零

65. 在双代号时标网络计划中，关键线路是指（   ）。
     A. 没有虚工作的线路   B. 由关键节点组成的线路
     C. 没有波形线的线路   D. 持续时间最长工作所在的线路

66. 在工程网络计划执行过程中，如果某项工作实际进度拖延的时间等于其总时差，则该工作（   ）。
     A. 不会影响其紧后工作的最迟开始   B. 不会影响其后续工作的正常进行
     C. 必定影响其紧后工作的最早开始   D. 必定影响其后续工作的正常进行

67. 建设工程组织非节奏流水施工时，其特点之一是（   ）。
     A. 各专业队能够在施工段上连续作业，但施工段之间可能有空闲时间
     B. 相邻施工过程的流水步距等于前一施工过程中第一个施工段的流水节拍
     C. 各专业队能够在施工段上连续作业，施工段之间不可能有空闲时间
     D. 相邻施工过程的流水步距等于后一施工过程中最后一个施工段的流水节拍

68. 在工程网络计划工期优化过程中，当出现两条独立的关键线路时，在考虑对质量和安全影响差别不大的基础上，应选择的压缩对象是分别在这两条关键线路上的两项（   ）的工作组合。
     A. 直接费用率之和最小   B. 资源强度之和最小
     C. 持续时间总和最大   D. 间接费用率之和最小

69. 监理工程师受业主委托对建设项目设计和施工实施全过程监理时，应（   ）。
     A. 审核设计单位分专业设计进度计划，编制设计总进度计划
     B. 审核单位工程、分部工程进度计划，编制施工总进度计划
     C. 审核设计单位和施工单位提交的进度计划，编制总进度计划及其分解计划
     D. 审核项目总进度计划，编制工程项目年度计划

70. 对排列图的观察与分析，累计百分数在 80%～90% 之间的因素为（   ）。
     A. 系统因素   B. 次要因素   C. 一般因素   D. 偶然因素

71. 当监理工程师接受建设单位的委托对建设工程实施全过程监理时，为了有效地控制建设工程进度，监理工程师最早应在（   ）阶段协助建设单位确定工期总目标。
     A. 前期决策   B. 设计准备   C. 建设准备   D. 施工准备

72. 工程网络计划的计划工期应（   ）。

A. 等于要求工期　　　B. 等于计算工期　　　C. 不超过要求工期　　D. 不超过计算工期

73. 工程项目总进度计划应在（　　）阶段编制。

A. 施工准备　　　　　B. 设计　　　　　　C. 设计准备　　　　D. 前期决策

74. 在某工程网络计划中，工作 M 的最早开始时间和最迟开始时间分别为第 12 天和第 18 天，其持续时间为 5 天。工作 M 有 3 项紧后工作，它们的最早开始时间分别为第 21 天、第 24 天和第 28 天，则工作 M 的自由时差为（　　）天。

A. 1　　　　　　　　　B. 3　　　　　　　　C. 4　　　　　　　　D. 8

75. 在双代号网络计划中，节点的最早时间是以该节点为（　　）。

A. 开始节点的工作的最早开始时间　　　　B. 完成节点的工作的最早完成时间
C. 开始节点的工作的最迟开始时间　　　　D. 完成节点的工作的最迟完成时间

76. 在工程网络计划执行过程中，若某项工作比原计划拖后，当拖后的时间大于其自由时差时，则（　　）。

A. 不影响其后续工作和工程总工期

B. 不影响其后续工作，但影响工程总工期

C. 影响其后续工作，且可能影响工程总工期

D. 影响其后续工作，但不可能影响工程总工期

77. 在质量控制中，系统整理分析某个质量问题与其产生原因之间的关系可采用（　　）。

A. 调查表法　　　　　B. 因果分析图法　　C. 分层法　　　　　　D. 排列图法

78. 当监理工程师接受建设单位的委托对建设工程实施全过程监理时，为了有效地控制建设工程进度，监理工程师最早应在（　　）阶段进行环境及施工现场条件的调查和分析。

A. 前期决策　　　　　B. 设计前准备　　　C. 建设准备　　　　D. 施工准备

79. 在直方图中，横坐标表示（　　）。

A. 影响产品质量的各因素　　　　　　　　B. 产品质量特性值
C. 不合格产品的频数　　　　　　　　　　D. 质量特性值出现的频数

80. 直方图中出现了绝壁形直方图，是由于（　　）而造成的。

A. 分组不当或组距确定不当

B. 操作中对上限（下限）控制太严

C. 两种不同方法或两台设备进行生产

D. 数据收集不正常，有意识地去掉了下限以下的数据

二、多项选择题（共 40 题，每题 2 分。每题的备选项中，有 2 个或 2 个以上符合题意，至少有 1 个错项。错选，本题不得分；少选，所选的每个选项得 0.5 分）

81. 工程发生质量事故之后，国家或地方相应级别主管部门应组织成立调查组，进行（　　）等一系列工作。

A. 现场调查取证

B. 提出技术处理意见及防止类似事故再次发生应采取的措施

C. 事故原因分析

D. 组织必要的技术鉴定

E. 监督施工单位实施技术处理方案

82. 下列关于工程质量事故处理鉴定验收的说法，正确的是（　　）。

A. 工程质量事故处理完成后，监理工程师在施工单位自检合格报验的基础上进行验收

B. 工程质量事故处理验收合格后，由建设单位办理交工验收文件，组织各有关单位会签

C. 涉及结构承载力的工程质量事故处理工作，需要做必要的试验和检验鉴定工作

D. 即便是不需要进行专门处理的质量事故，也应出具书面结论

E. 对于处理验收合格的工程质量事故，质量事故调查组应注明责任方主要承担的经济责任

83. 关于设备采购的质量控制，下列说法正确的有（   ）。

A. 成套设备及生产线设备采购，宜采用招标采购的方式

B. 总包单位采购，采购方案由监理工程师编写并报建设单位批准

C. 市场采购设备，一般适用于小型通用设备的采购

D. 建设单位采购，监理工程师要协助编制设备采购方案

E. 向厂家订购设备，质量控制工作的首要环节是选择一个合格的供货厂商

84. 采用排列图法进行工程质量控制统计分析，考虑 a～f 这 6 种影响因素，影响频数分别为：a 为 350，b 为 30，c 为 100，d 为 70，e 为 400，f 为 50。下列说法正确的是（   ）。

A. a 因素是次要因素
B. b 因素是一般因素
C. c 因素是次要因素
D. d 因素是次要因素
E. e 因素是主要因素

85. 施工准备阶段质量控制的内容主要有（   ）。

A. 作业技术交底
B. 设计交底和图纸会审
C. 施工组织设计审查
D. 施工生产要素配置质量审查
E. 审查开工申请，把好开工关

86. 分项工程应按（   ）等进行划分。

A. 主要工种
B. 材料
C. 施工工艺
D. 设备类别
E. 施工顺序

87. 在工程质量控制统计方法中，与因果分析图法含义相同的是（   ）。

A. 树枝图
B. 鱼刺图
C. 特性要因图
D. 推导演绎表
E. 层次分析图

88. 初步设计阶段质量控制监理审核要点主要有（   ）。

A. 有关部门的审批意见和设计要求

B. 生产技术是否先进，能否达到预计的生产规模

C. 工艺流程、设备选型先进性、适用性、经济合理性

D. 建设法规、技术规范和功能要求的满足程度

E. 技术参数先进合理性与环境协调程度，对环境保护要求的满足情况

89. 单位工程质量验收合格的条件是，除构成单位工程的各分部工程质量合格外，还应（   ）。

A. 质量控制资料应完整

B. 所含分部工程有关安全和功能的检验资料应完整

C. 主要功能项目的抽检结果应符合相关专业质量验收规范的规定

D. 观感质量验收应符合要求

E. 质量检查记录齐全

90. 机械设备，主要是（   ）对工程质量有直接影响。

A. 办公用设备　　　　　　　　　　B. 垂直和横向运输设备

C. 施工安全设备　　　　　　　　　D. 测量仪器和计量器具

E. 操作机具

91. 标底价格的编制步骤包括(　　　)。

A. 准备工作　　　　　　　　　　　B. 收集编制资料

C. 计算标底价格　　　　　　　　　D. 结合投标报价确定标底终价

E. 审核标底价格

92. 分部工程应由总监理工程师组织施工单位项目负责人和技术质量负责人等进行验收,与地基基础、主体结构分部工程相关的(　　　)也应参加相关分部工程验收。

A. 勘察设计单位项目负责人　　　　B. 质量监督机构负责人

C. 施工单位技术、质量部门负责人　D. 业主代表

E. 专业工程师

93. 承包人可以采用的投标报价策略有(　　　)。

A. 不平衡报价　　　　　　　　　　B. 多方案报价法

C. 随标底报价法　　　　　　　　　D. 突然降价法

E. 先亏后盈法

94. 标底与标价的编制可以采用(　　　)。

A. 工料单价法　　　　　　　　　　B. 综合单价法

C. 工程量清单法　　　　　　　　　D. 市场价格法

E. 成本加酬金法

95. 监理工程师在控制工程投资方面的主要业务内容包括(　　　)。

A. 审核承包商的工程核算成本

B. 审查结算

C. 用技术经济方法组织评选设计方案

D. 调解建设单位和承建单位之间的经济纠纷

E. 编制施工组织设计

96. 在保修期内,由于施工单位的原因,项目出现了质量问题,原施工单位又不能及时检查修理,影响了使用,造成了一定的损失,业主对此(　　　)。

A. 可以另行委托其他施工单位进行维修,其费用由原施工单位负责

B. 不能另行委托其他施工单位,但可就造成的损失提出索赔

C. 不仅可以另行委托其他施工单位,还应就造成的损失提出索赔

D. 处理完原施工单位质量问题后,如预留的保修费用有所剩余,至保修期满应将所剩余的保修费用结付给原施工单位

E. 因原施工单位在保修期内严重违约,保修关系应予解除,剩余的保修费用不再结付给施工单位

97. 下列费用中,属于措施费的有(　　　)。

A. 临时设施费　　　　　　　　　　B. 夜间施工增加费

C. 固定资产使用费　　　　　　　　D. 检验试验费

E. 工程排污费

98. 建设工程施工阶段投资控制时,根据投资控制目标和要求的不同,投资目标的分解可以划分为(　　　)等类型。

A. 按子项目分解 B. 按投资构成分解

C. 按时间分解 D. 按净现值分解

E. 按终值分解

99. 建设工程投资控制原理是一种动态的控制，在这一动态控制过程中应着重做好(　　)。

A. 对计划目标值的论证和分析 B. 收集实际数据

C. 进行项目计划值与实际值的比较 D. 不断地与质量目标进行对比

E. 采取控制措施以确保投资目标的实现

100. 施工单位可以在其资质等级许可的范围内(　　)。

A. 将其承接的工程转包

B. 允许其他单位以本单位的名义承揽工程

C. 按照工程设计图纸和施工技术规范标准组织施工

D. 将其承接的工程合理分包

E. 将其承接的工程肢解后转包给其他分包商

101. 限额设计控制工作的内容包括(　　)。

A. 重视初步设计的方案选择

B. 配合施工单位，制定合理的施工计划，确保投资不被突破

C. 加强设计变更管理

D. 加强合同管理

E. 严格控制施工图预算

102. 项目监理机构在施工阶段投资控制的主要任务包括(　　)。

A. 审查设计概预算 B. 对工程项目造价目标进行风险分析

C. 开展限额设计 D. 审查工程变更

E. 审核工程结算

103. 根据《建设工程工程量清单计价规范》(GB 50500—2003)的规定，工程量清单包括(　　)。

A. 施工机械使用费清单 B. 零星工作价格清单

C. 主要材料价格清单 D. 措施项目清单

E. 其他项目清单

104. 根据建设部《建筑工程施工发包与承包计价管理办法》(第107号部令)的规定，发包价与承包价的计算方法有(　　)。

A. 工料单价法 B. 综合单价法

C. 预算单价法 D. 概算单价法

E. 实物单价法

105. 下列关于流水施工的表述中，正确的有(　　)。

A. 流水施工工期就是整个建设工程的总工期

B. 划分施工段的目的就是为了组织流水施工

C. 流水步距的大小取决于流水节拍及流水施工的组织方式

D. 专业工作队数不会少于参加流水的施工过程数

E. 施工段的数目要满足合理组织流水施工的要求

106. 某工程单代号搭接网络计划如下图所示，节点中下方数字为该工作的持续时间，其中的关键工作有(　　)。

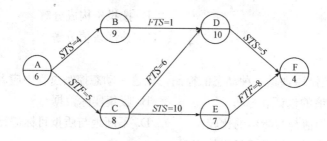

A. 工作 A   B. 工作 B

C. 工作 C   D. 工作 D

E. 工作 E

107. 在建设工程施工阶段，监理工程师对施工进度计划审核的内容包括（   ）。

    A. 施工顺序的安排是否符合施工工艺的要求

    B. 业主负责提供的施工条件安排得是否合理、明确

    C. 是否有进度控制人员的职责分工

    D. 生产要素的供应计划是否能保证施工进度计划的实现

    E. 进度安排是否符合施工合同中开工、竣工日期的规定

108. 施工段是用以表达流水施工的空间参数。为了合理地划分施工段，应遵循的原则有（   ）。

    A. 施工段的界限与结构界限无关，但应使同一专业工作队在各个施工段的劳动量大致相等

    B. 每个施工段内要有足够的工作面，以保证相应数量的工人、主导施工机械的生产效率，满足合理劳动组织的要求

    C. 施工段的界限应设在对建筑结构整体性影响小的部位，以保证建筑结构的整体性

    D. 每个施工段要有足够的工作面，以满足同一施工段内组织多个专业工作队同时施工的要求

    E. 施工段的数目要满足合理组织流水施工的要求，并在每个施工段内有足够的工作面

109. 某分部工程双代号网络计划图如下图所示，图中错误为（   ）。

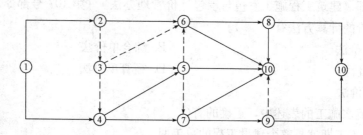

A. 多个起点节点   B. 多个终点节点

C. 存在循环回路   D. 工作代号重复

E. 节点编号有误

110. 某分部工程双代号网络计划如下图所示。图中已标出每个节点的最早时间和最迟时间，该计划表明（   ）。

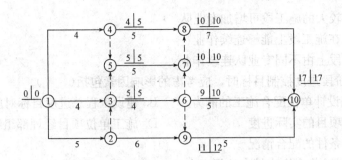

A. 工作 1—3 为关键工作　　　　　B. 工作 1—4 的总时差为 1

C. 工作 3—6 的自由时差为 1　　　　D. 工作 4—8 的自由时差为 0

E. 工作 6—10 的总时差为 3

111. 横道图和网络图是建设工程进度计划的常用表示方法，将双代号时标网络计划与横道计划相比较，它们的特点是（　　）。

A. 时标网络计划和横道计划均能直观地反映各项工作的进度安排及工程总工期

B. 时标网络计划和横道计划均能明确地反映工程费用与工期之间的关系

C. 横道计划不能像时标网络计划一样，明确地表达各项工作之间的逻辑关系

D. 横道计划与时标网络计划一样，能够直观地表达各项工作的机动时间

E. 横道计划不能像时标网络计划一样，直观地表达工程进度的重点控制对象

112. 为更好地了解建设工程实际进展情况，由监理工程师提供的进度报表格式的内容一般包括（　　）。

A. 工作的开始时间与完成时间　　　　B. 工作间的逻辑关系

C. 完成工作时各项资源消耗的成本　　D. 完成各工作所达到的质量标准

E. 各工作时差的利用

113. 组织流水施工时，如果按专业成立专业工作队，则其特点有（　　）。

A. 只有一个专业队在各施工段组织流水施工

B. 各专业队在各施工段均可组织流水施工

C. 同一时间段只能有一个专业队投入流水施工

D. 各专业队可按施工顺序实现最大搭接

E. 有利于提高劳动生产效率和工程质量

114. 对工程网络计划进行优化，其目的是使该工程（　　）。

A. 资源强度最低　　　　　　　　　　B. 总费用最低

C. 资源需用量尽可能均衡　　　　　　D. 资源需用量最少

E. 计算工期满足要求工期

115. 在建设工程施工阶段，当通过压缩网络计划中关键工作的持续时间来缩短工期时，通常采取的技术措施有（　　）。

A. 采用更先进的施工方法　　　　　　B. 增加劳动力和施工机械的数量

C. 改进施工工艺和施工技术　　　　　D. 改善劳动条件

E. 采用更先进的施工机械

116. 非节奏流水施工的特点是（　　）。

A. 相邻专业队的流水步距不尽相等

B. 各施工过程在各个施工段流水节拍不尽相等

C. 流水节拍较大的施工段可增加专业队

D. 各专业队在施工段上能够连续作业

E. 每个施工段上由不同专业队连续作业

117. 当确定施工阶段进度控制目标时，应考虑的影响因素包括(　　)。

    A. 建设工程设计单位配合施工的能力　　B. 建设工程总进度目标对施工工期的要求

    C. 类似工程项目的实际进度　　D. 施工单位项目经理部组织能力

    E. 外部协作条件的配合情况

118. 分部工程质量验收合格应符合的规定有(　　)。

    A. 所含检验批质量均符合合格质量规定　　B. 质量控制资料完整

    C. 所含的分项工程的质量均应验收合格　　D. 观感质量验收应符合要求

    E. 有关安全及功能的检验和抽样检测结果应符合有关规定

119. 质量数据的收集方法有(　　)。

    A. 等距抽样　　B. 二次抽样

    C. 全数检验　　D. 随机抽样检验

    E. 分层抽样

120. 影响建设工程进度的不利因素很多，其中属于组织管理因素的有(　　)。

    A. 地下埋藏文物的保护及处理　　B. 临时停水停电

    C. 施工安全措施不当　　D. 计划安排原因导致相关作业脱节

    E. 向有关部门提出各种申请审批手续的延误

参考答案

一、单项选择题

1	D	2	B	3	C	4	B	5	A
6	C	7	B	8	D	9	B	10	A
11	B	12	A	13	A	14	A	15	D
16	B	17	D	18	D	19	C	20	A
21	C	22	D	23	C	24	B	25	B
26	C	27	A	28	C	29	B	30	B
31	A	32	A	33	A	34	A	35	A
36	D	37	B	38	A	39	C	40	A
41	A	42	D	43	D	44	C	45	C
46	C	47	C	48	B	49	B	50	C
51	B	52	A	53	D	54	C	55	A
56	C	57	C	58	C	59	A	60	D
61	B	62	D	63	A	64	B	65	C
66	A	67	A	68	A	69	C	70	B
71	B	72	C	73	C	74	C	75	A
76	C	77	B	78	B	79	B	80	D

二、多项选择题

81	ABCD	82	ACD	83	ACDE	84	BCE	85	BCDE
86	ABCD	87	ABC	88	ACDE	89	ABCD	90	BCDE
91	ABCE	92	AC	93	ABDE	94	AB	95	BCD
96	CD	97	AB	98	ABCE	99	ABCE	100	CD
101	ACE	102	BDE	103	DE	104	AB	105	BCDE
106	CE	107	ABDE	108	BCE	109	BDE	110	BE
111	ACE	112	ABE	113	BDE	114	BCE	115	ACE
116	ABD	117	BCE	118	BCDE	119	CD	120	DE

建设工程质量、投资、进度控制（八）

一、单项选择题（共80题，每题1分。每题的备选项中，只有1个最符合题意）

1. 某工程建设单位对地下室后浇带的墙体混凝土强度有质疑，要求施工单位进行回弹试验，所得强度数据见下表：

点位	1	2	3	4	5	6	7	8	9
强度/MPa	47	42	45	52	48	40	50	44	42

该组数据的极差为（ ）。

    A. 45.6MPa   B. 50MPa   C. 10MPa   D. 4.4MPa

2. 工程质量控制的统计分析方法中，控制图法是用样本数据来分析判断（ ）的工具。

    A. 生产过程是否处于稳定状态   B. 质量风险发生的可能性

    C. 质量控制措施的有效性   D. 样本数据分部均匀性

3. 机械设备进场前，承包单位应向项目（ ）报送进场设备清单。

    A. 建设单位   B. 监理机构   C. 总包单位   D. 主管部门

4. 采用工程质量控制的统计分析方法中的相关图法分析数据，散布点基本形成由左至右向上变化的一条直线带，这种情况属于（ ）类型。

    A. 正相关   B. 弱正相关   C. 弱负相关   D. 负相关

5. 在工程建设的（ ）阶段，需要确定工程项目的质量要求，并与投资目标相协调。

    A. 可行性研究   B. 项目决策   C. 勘察设计   D. 施工

6. 下列抽样检验的方法中，不属于计量抽样检验的是（ ）。

    A. 标准型抽样检验   B. 分选型抽样检验   C. 调整型抽样检验   D. 连续型抽样检验

7. 工程质量事故技术处理方案，一般应委托原（ ）提出。

    A. 设计单位   B. 施工单位   C. 监理单位   D. 咨询单位

8. （ ）是在一定的范围内获得最佳秩序，对活动和其结果规定的共同的和重复使用的规则、指导原则或特性文件。

    A. 标准   B. 规范   C. 指示   D. 体系

9. 监理工程师收到承包单位报验申请后，首先对（ ）进行审查，并在合同规定时间内到现场检查。

    A. 报验申请表   B. 质量证明资料   C. 分项工程   D. 隐蔽工程

10. GB/T 19000—2000族标准不包括的部分是（ ）。

    A. 介绍标准适用范围   B. 质量管理体系基础

    C. 术语和定义   D. 标准体系结构

11. 质量管理体系认证书的有效期为（ ）。

    A. 3年   B. 2年   C. 1年   D. 5年

12. 在正常使用条件下，电气管线、给排水管道、设备安装和装修工程，最低保修期限为（ ）。

A. 1 年   B. 2 年   C. 3 年   D. 4 年

13. 指令文件是表达（   ）对施工承包单位提出指示或命令的书面文件。

  A. 建设单位   B. 总工程师   C. 监理工程师   D. 业主代表

14. 编制按时间进度的资金使用计划，通常可以利用控制项目进度的（   ）进一步扩充而得。

  A. 投资总概算   B. 施工组织设计   C. 网络图   D. 横道图

15. 在施工阶段投资控制中，进行工程计量属于（   ）方面的措施。

  A. 组织   B. 经济   C. 技术   D. 合同

16. 在施工作业技术活动运行过程中，监理工程师对现场计量操作的质量控制包括（   ）。

  A. 审核计量作业人员的技术资格   B. 检查计量作业人员的操作方法是否妥当

  C. 检查计量器具的标定证明文件   D. 检查检测仪器的精确度是否符合要求

17. 对拟验收的单位工程，总监理工程师组织验收合格后对承包单位的"工程竣工报验单"予以签认，并上报建设单位，同时提出"工程质量评估报告"，"工程质量评估报告"应由（   ）共同签署。

  A. 建设单位、设计单位、施工单位、监理单位

  B. 总监理工程师、监理单位技术负责人

  C. 项目经理、总监理工程师

  D. 建设单位项目负责人、项目经理、总监理工程师

18. 工程质量控制的目的，就是要查找并消除（   ）因素的影响，以免产生质量问题。

  A. 系统性   B. 偶然性   C. 随机性   D. 无法控制

19. 一般进口设备的保修期及索赔期为（   ）个月，有合同规定者按合同执行。

  A. 6～12   B. 12～18   C. 9～12   D. 18～24

20. 在设计阶段监理工程师应组织施工图纸的审核工作，审核内容不包括（   ）。

  A. 图纸的规范性   B. 要求的使用功能是否得到满足

  C. 技术参数是否先进合理   D. 编制深度是否符合要求

21. 控制项目投资支出的关键环节是（   ）。

  A. 计量   B. 预算   C. 测设   D. 签证

22. 在建设单位和承包单位未能就工程变更的费用达成协议时，项目监理机构应（   ）。

  A. 提出一个暂定的价格，作为临时支付工程款的依据

  B. 不予签发付款凭证

  C. 下达停工通知

  D. 暂不签付变更项目的工程款，未变更部分工程款照常签付

23. 分部工程观感质量的验收，由各方验收人员根据主观印象判断，按（   ）给出综合质量评价。

  A. 合格、基本合格、不合格   B. 基本合格、合格、良好

  C. 优、良、中、差   D. 好、一般、差

24. 施工过程中验收分部工程时，对地基基础、主体结构分部工程，应由（   ）组织验收。

  A. 建设单位项目负责人

  B. 总监理工程师

  C. 建设单位项目负责人和总监理工程师共同

  D. 建设单位项目负责人和质监站负责人共同

25. 造成直接经济损失在 5 万元以上，不足 10 万元的工程质量事故属于（   ）。

A. 一般质量事故　　　　B. 严重质量事故　　　　C. 重大质量事故　　　　D. 特别重大事故

26. 计数标准型一次抽样方案为（N、n、c），其中 N 为送检批的大小，n 为抽检样本大小，c 为合格判定数。当从 n 中查出有 d 个不合格品时，若当（　　）时，应判该送检批合格。

A. $d > c+1$　　　　B. $d = c+1$　　　　C. $d \leq c$　　　　D. $d > c$

27. 在 FIDIC 合同条件下，由于某项工程变更，工程量变化直接造成该项工作单位成本的变动超过（　　），宜采用新的费率或价格。

A. 1%　　　　B. 2%　　　　C. 3%　　　　D. 5%

28. 某新建项目，建设期为 3 年，共向银行贷款 1200 万元。其中：第 1 年 400 万元，第 2 年 500 万元，第 3 年 300 万元，年利率为 5%。则该项目的建设期利息为（　　）万元。

A. 54.65　　　　B. 60.00　　　　C. 97.65　　　　D. 189.15

29. 某拟建项目的生产能力比已建的同类项目的生产能力增加 3 倍。按生产能力指数法计算，拟建项目的投资额将增加（　　）倍。（已知 $n=0.6$，$c_f=1.1$）

A. 1.13　　　　B. 1.53　　　　C. 2.13　　　　D. 2.53

30. 某建设项目前两年每年年末投资 400 万元，从第 3 年开始，每年年末等额回收 260 万元，项目计算期为 10 年。设基准收益率（i_c）为 10%，则该项目的财务净现值为（　　）万元。

A. 256.79　　　　B. 347.92　　　　C. 351.90　　　　D. 452.14

31. 某工程项目在施工过程中，遭遇百年一遇强度的大风天气，无法施工，停工 15 天。在这种情况下，（　　）。

A. 承包商可得到延长工期，也可得到费用补偿

B. 承包商可得到延长工期，得不到费用补偿

C. 承包商得不到延长工期，可得到费用补偿

D. 承包商得不到延长工期，也得不到费用补偿

32. 在进度计划实施中进行调整，若（　　）则只需以实际数据取代原计划数据，并重新绘制实际进度检查日期之后的简化网络计划即可。

A. 项目总工期允许拖延　　　　　　　　B. 项目计算工期小于计划工期

C. 偏差发生在非关键线路　　　　　　　D. 总时差不等于零

33. 竣工决算是指建设工程从（　　）到竣工所发生的所有实际支出。

A. 筹建　　　　B. 可行性研究　　　　C. 初步设计　　　　D. 开工

34. 工程项目竣工决算应包括（　　）全过程的全部实际支出费用。

A. 从开工到竣工　　　　　　　　　　　B. 从破土动工到竣工

C. 从筹建到竣工投产　　　　　　　　　D. 从开工到投产

35. 材料消耗定额是指完成一定（　　）所消耗的材料的数量标准。

A. 合格产品　　　　B. 产品数量　　　　C. 投资数额　　　　D. 单位面积施工

36. 进行项目的财务评价时，对投入物、产出物采用的是（　　）。

A. 现行市场交换价格　　　　　　　　　B. 物价部门颁布的计划价格

C. 影子价格和市场交换价格结合　　　　D. 影子价格

37. 由于时间价值的存在，发生在前的资金的价值（　　）发生在后的资金的价值。

A. 等于　　　　B. 低于　　　　C. 高于　　　　D. 近似等于

38. 当初步设计有详细设备清单时，可按（　　）编制设备安装单位工程概算。

A. 概算指标法　　　　　　　　　　　　B. 扩大单价法

C. 预算单价法　　　　　　　　　　　　D. 按设备费的百分率法

39. 某工程基础底板的设计厚度为 1m，承包商根据以往的施工经验，认为设计有问题，未报监理工程师，即按 1.2m 施工。多完成的工程量在计量时监理工程师应（   ）。
    A. 予以计量
    B. 计量一半
    C. 不予计量
    D. 由业主与施工单位协商处理

40. 在计算建设工程设备工器具购置费时，国产标准设备原价一般是指（   ）。
    A. 设备成本价　　　　B. 设备出厂价　　　　C. 设备预算价格　　　　D. 设备出厂价加运费

41. 某企业第 1 年年初向银行借款 100 万元，第 1 年年末又借款 100 万元，第 3 年年初再次借款 100 万元，年利率均为 10%，到第 4 年年末一次偿清，应付本利和为（   ）万元（按复利计算）。
    A. 389.51　　　　　　B. 400.51　　　　　　C. 402.82　　　　　　D. 364.1

42. 建设工程施工阶段进度控制的最终目的是（   ）。
    A. 保证工程项目按期建成交付使用
    B. 如期进行竣工验收
    C. 确保项目周期
    D. 确定里程碑事件

43. 施工进度控制工作细则是对建设工程（   ）中有关进度控制内容的进一步深化和补充。
    A. 施工组织设计　　　B. 监理规划　　　　C. 总进度计划　　　　D. 施工方案

44. 建设工程动态投资部分，是指在建设期内，因建设期利息、建设工程需缴纳的（   ）和国家新批准的税率、汇率、利率变动以及建设期价格变动引起的建设投资增加额。
    A. 基本预备费
    B. 涨价预备费
    C. 固定资产投资方向调节税
    D. 建筑安装工程费用

45. 企业定额的水平（   ）。
    A. 应反映社会平均水平
    B. 应高于地区定额水平才具有竞争能力
    C. 都高于地区定额水平
    D. 都低于地区定额水平

46. 某投资项目建设期为 3 年，在建设期第 1 年贷款 100 万元，第 2 年贷款 200 万元，第 3 年贷款 100 万元，贷款利率为 10%，用复利法计息建设期第 2 年的贷款利息应为（   ）万元。
    A. 50　　　　　　　　B. 20.5　　　　　　　C. 25.5　　　　　　　D. 11

47. 盈亏平衡分析是一种特殊形式的临界点分析，它适用于财务评价，其计算应按项目投产后的（   ）。
    A. 正常年份计算
    B. 按计算期内的平均值计算
    C. 年产量
    D. 单位产品销售价格

48. 设计方案优选最常用的方法是（   ）。
    A. 概算法　　　　　　B. 预算法　　　　　　C. 估算法　　　　　　D. 比较分析法

49. 下列选项中，（   ）是典型的工程质量控制动态分析法。
    A. 排列图法　　　　　B. 直方图法　　　　　C. 因果分析图法　　　D. 控制图法

50. 观察工序产品质量分布状态，一是看分布中心位置，二是看（   ）。
    A. 分布的离散程度　　B. 极差　　　　　　　C. 变异系数　　　　　D. 标准偏差

51. 国民经济费用中的直接费用是指（   ）。
    A. 由项目产出物直接生成，并在项目范围内计算的经济效益
    B. 项目使用投入物所形成，并在项目范围内计算的费用
    C. 项目对国民经济作出的贡献
    D. 国民经济为项目付出的代价

52. 价值工程的目的是（　　）。
    A. 思想方法的更新和技术管理
    B. 对功能与成本进行系统分析和不断创新
    C. 提高功能对成本的比值
    D. 多领域协作，降低产品成本

53. 最高限额成本加固定最大酬金确定的合同中，如果承包商的实际工程成本在报价成本与限额成本之间，则可得到（　　）的支付。
    A. 成本加酬金
    B. 全部成本
    C. 成本、酬金及成本降低额分成
    D. 酬金

54. 在施工机械使用费中的窝工费计算，如租赁设备，一般按（　　）计算。
    A. 实际租金和调进调出费的分摊
    B. 实际租金分摊
    C. 台班折旧费
    D. 按分包合同规定的内容

55. 编制地区单位计价表的基础是（　　）。
    A. 工程合同价　　　　B. 估算指标　　　　C. 概算定额　　　　D. 预算定额

56. 建设工程组织流水施工时，相邻专业工作队之间的流水步距相等，且施工段之间没有空闲时间的是（　　）。
    A. 非节奏流水施工和加快的成倍节拍流水施工
    B. 一般的成倍节拍流水施工和非节奏流水施工
    C. 固定节拍流水施工和加快的成倍节拍流水施工
    D. 一般的成倍节拍流水施工和固定节拍流水施工

57. （　　）主要用来安排自设计准备开始至施工图设计完成的总设计时间内所包含的各阶段工作的开始时间和完成时间，从而确保设计进度控制总目标的实现。
    A. 设计总进度计划
    B. 技术性设计进度计划
    C. 初步设计工作进度计划
    D. 施工图设计进度计划

58. 施工单位的计划系统中，（　　）计划为编制各种资源需要量计划和施工准备工作计划提供依据。
    A. 施工准备工作
    B. 工程年度
    C. 单位工程施工进度
    D. 分部分项工程进度

59. 在建设工程网络计划实施中，某项工作实际进度拖延的时间超过其总时差时，如果不改变工作之间的逻辑关系，则调整进度计划的方法是（　　）。
    A. 减小关键线路上该工作后续工作的自由时差
    B. 缩短关键线路上该工作后续工作的持续时间
    C. 对网络计划进行"资源有限、工期最短"的优化
    D. 减小关键线路上该工作后续工作的总时差

60. 某分项工程实物工程量为22000m³，该分项工程人工产量定额为55m³/工日，计划每天安排2班、每班10人完成该分项工程，则其持续时间为（　　）天。
    A. 10　　　　　　　　B. 20　　　　　　　　C. 40　　　　　　　　D. 55

61. 设计单位对原设计缺陷提出的工程变更应编制设计变更文件，由（　　）签发工程变更单。
    A. 建设单位
    B. 设计单位
    C. 相关专业监理工程师
    D. 总监理工程师

62. 当采用匀速进展横道图比较工作实际进度与计划进度时，如果表示实际进度的横道线右端点落在检查日期的左侧，该端点与检查日期的距离表示工作（　　）。
    A. 拖欠的任务量
    B. 实际少投入的时间

　　C. 进度超前的时间　　　　　　　　　D. 实际多投入的时间

63. 在网络计划工期优化过程中，当出现多条关键线路时，在考虑对质量、安全影响的基础上，优先选择的压缩对象应是各条关键线路上（　　　）。

　　A. 直接费之和最小的工作组合，且压缩后的工作仍然是关键工作

　　B. 直接费之和最小的工作组合，而压缩后的工作可能变为非关键工作

　　C. 直接费用率之和最小的工作组合，且压缩后的工作仍然是关键工作

　　D. 直接费用率之和最小的工作组合，而压缩后的工作可能变为非关键工作

64. 建设工程组织流水施工时，相邻专业工作队之间的流水步距不尽相等，但专业工作队数等于施工过程数的流水施工方式是（　　　）。

　　A. 固定节拍流水施工和加快的成倍节拍流水施工

　　B. 加快的成倍节拍流水施工和非节奏流水施工

　　C. 固定节拍流水施工和一般的成倍节拍流水施工

　　D. 一般的成倍节拍流水施工和非节奏流水施工

65. 如下图所示，在双代号时标网络计划中，如果 A、H、K 三项工作共用一台施工机械而必须顺序施工，则在不影响总工期的前提下，该施工机械在现场的最小闲置时间是（　　　）周。

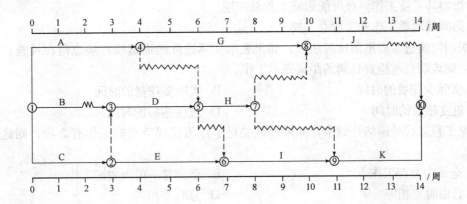

　　A. 2　　　　　　　　B. 3　　　　　　　　C. 4　　　　　　　　D. 5

66. 在某工程网络计划中，工作 M 的最早开始时间和最迟开始时间分别为第 12 天和第 15 天，其持续时间为 5 天。工作 M 有 3 项紧后工作，它们的最早开始时间分别为第 21 天、第 24 天和第 28 天，则工作 M 的自由时差为（　　　）天。

　　A. 1　　　　　　　　B. 3　　　　　　　　C. 4　　　　　　　　D. 8

67. 在工程网络计划中，工作的最迟完成时间应为其所有紧后工作（　　　）。

　　A. 最早开始时间的最大值　　　　　　　B. 最早开始时间的最小值

　　C. 最迟开始时间的最大值　　　　　　　D. 最迟开始时间的最小值

68. 确定建设工程施工阶段进度控制目标时，首先应进行的工作是（　　　）。

　　A. 明确各承包单位的分工条件与承包责任　　B. 明确划分各施工阶段进度控制分界点

　　C. 按年、季、月计算建设工程实物工程量　　D. 进一步明确各单位工程的开、竣工日期

69. 加快成倍节拍流水施工的特点是（　　　）。

　　A. 同一施工过程中各施工段的流水节拍相等，不同施工过程的流水节拍为倍数关系

B. 同一施工过程中各施工段的流水节拍不尽相等，其值为倍数关系

C. 专业工作队数等于施工过程数

D. 专业工作队在各施工段之间可能有间歇时间

70. 编制网络计划的前提是（　　）。

    A. 调查研究   B. 分解项目

    C. 确定关键线路   D. 确定网络计划目标

71. 当需要缩短关键工作的持续时间时，缩短后工作的持续时间不能（　　）。

    A. 大于其最短持续时间   B. 小于其最短持续时间

    C. 大于紧后工作的最短持续时间   D. 小于紧后工作的最短持续时间

72. 流水施工的表达方式除网络图外，主要还有横道图和垂直图。这两种图形均可以清楚地表达出（　　）。

    A. 每单位时间完成的工作量   B. 计划期间内完成的工作量

    C. 每个施工过程的工作量   D. 各施工过程的时间和空间状况

73. 在工程网络计划执行过程中，若某项工作比原计划拖后，当拖后的时间大于其拥有的自由时差时，则（　　）。

    A. 不影响其后续工作和工程总工期

    B. 不影响其后续工作，但影响工程总工期

    C. 影响其后续工作，且可能影响工程总工期

    D. 影响其后续工作和工程总工期

74. 当采用匀速进展横道图比较法时，如果表示实际进度的横道线右端点落在检查日期的左侧，则该端点与检查日期的距离表示工作（　　）。

    A. 实际少花费的时间   B. 实际多花费的时间

    C. 进度超前的时间   D. 进度拖后的时间

75. 在某工程双代号网络计划中，如果以某关键节点为完成节点的工作有 3 项，则这 3 项工作（　　）。

    A. 全部为关键工作   B. 至少有一项为关键工作

    C. 自由时差相等   D. 总时差相等

76. 在某工程网络计划中，已知工作 M 的总时差和自由时差分别为 4 天和 2 天，监理工程师检查实际进度时发现该工作的持续时间延长了 5 天，说明此时工作 M 的实际进度（　　）。

    A. 既不影响总工期，也不影响其后续工作的正常进行

    B. 不影响总工期，但将其紧后工作的开始时间推迟 5 天

    C. 将其后续工作的开始时间推迟 5 天，并使总工期延长 3 天

    D. 将其后续工作的开始时间推迟 3 天，并使总工期延长 1 天

77. （　　）是一个由若干个处于不同层次且相互间有关联的网络计划组成的系统。

    A. 搭接网络计划   B. 多级网络计划   C. 时标网络计划   D. 横道图计划

78. 单位工程施工进度计划通常应由（　　）负责编制。

    A. 建设单位   B. 监理工程师   C. 设计单位   D. 施工承包单位

79. 某分部工程，流水施工 $n=4$，$m=3$，$t=3$，流水步距均等于 t，$\sum Z=1$，$\sum C=2$，$\sum G=1$，其流水工期为（　　）天。

    A. 16   B. 17   C. 18   D. 19

80. 下列关于流水施工组织方式的叙述，不正确的是（　　）。

A. 流水施工方式单位时间内投入的资源量较为均匀，便于资源供应的组织

B. 施工现场的管理和组织最为简单的施工方式为平行施工

C. 依次施工不能达成充分利用施工工作面的目的

D. 流水施工中各工作队实现了专业化施工，也为文明施工和科学管理创造了有利条件

二、多项选择题（共40题，每题2分。每题的备选项中，有2个或2个以上符合题意，至少有1个错项。错选，本题不得分；少选，所选的每个选项得0.5分）

81. 下列对直方图的叙述，正确的是（　　）。

A. 建立直方图时若分组组数不当可能会形成折齿形直方图

B. 建立直方图时若组距确定不当可能会形成折齿形直方图

C. 建立直方图时若在操作中对上限或下限空置太严，可能会形成缓坡形直方图

D. 建立直方图时若原材料发生变化或临时他人顶班，可能会形成双峰形直方图

E. 建立直方图时若数据收集不正常，有意识地去掉下限以下的数据，可能会形成绝壁形直方图

82. 控制图法是工程质量控制的统计分析方法，按照质量数据特点将控制图可以分为（　　）。

A. 分析用控制图
B. 管理用控制图
C. 控制用控制图
D. 计量值控制图
E. 计数值控制图

83. 应参加设备试运转的单位有（　　）。

A. 建设单位
B. 设计单位
C. 安装单位
D. 监理单位
E. 质量监督站

84. 计量抽样检验的方法包括（　　）。

A. 标准型抽样检验
B. 分选型抽样检验
C. 调整型抽样检验
D. 连续型抽样检验
E. 审计型抽样检验

85. 排列图法的主要应用有（　　）。

A. 按不合格点的内容分类，可分析出造成质量问题的薄弱环节

B. 按生产班组或单位分类，可分析比较各单位的技术、质量管理水平

C. 成本费用分析

D. 安全问题分析

E. 质量波动原因分析

86. 监理工程师的责任主要有（　　）。

A. 违纪责任
B. 违法责任
C. 违约责任
D. 连带责任
E. 违章责任

87. "标准"的特性表现为科学性和时效性，其本质是"统一"。标准的这一本质赋予了标准具有（　　）。

A. 权威性
B. 强制性
C. 约束性
D. 法规性
E. 稳定性

88. 质量预控及对策的表达方式主要有（　　）。

A. 文字
B. 质量预控表
C. 质量控制图
D. 解析图形式
E. 因果分析图

89. 监理工程师对设备采购方案审查的重点内容有(　　)。
A. 设备采购的基本原则
B. 依据的图纸、规范和质量标准
C. 市场供应情况
D. 保证设备质量的具体措施
E. 检查和验收程序

90. 现行的建筑工程施工质量验收规范体现了(　　)的指导思想。
A. 验评分离
B. 标准统一
C. 强化验收
D. 完善手段
E. 过程控制

91. 施工阶段投资控制应当从(　　)等多方面采取措施。
A. 组织
B. 经济
C. 管理
D. 技术
E. 合同

92. 建筑工程的检验批应按(　　)等进行划分。
A. 施工工序
B. 设备类别
C. 楼层
D. 施工段
E. 变形缝

93. 下列选项中,工程师应当对(　　)进行计量。
A. 工程量清单中的分部分项工程项目
B. 工程量清单中的措施项目
C. 合同文件中规定的项目
D. 里程碑事件项目
E. 工程变更项目

94. 监理工程师对施工单位报送的施工组织设计文件,应重点审查(　　)。
A. 文件编制与审批程序的符合性
B. 施工技术方案的针对性
C. 施工技术措施的经济性
D. 施工方法的可操作性
E. 施工安全、环保、消防等是否符合规定

95. 设备安装准备阶段,监理工程师进行质量控制的要点包括(　　)。
A. 审查设备安装施工组织设计
B. 对安装的隐蔽工程进行检查验收
C. 检查相关土建施工是否满足设备安装要求
D. 检查安装采用的计量及检测手段
E. 检查安装作业的劳动组织

96. 在工程质量事故处理的依据中,与特定工程项目密切相关的具有特定性质的依据是(　　)。
A. 质量事故的实况资料
B. 与工程相关的各类合同文件
C. 相关的建设法规
D. 有关的设计文件和施工资料
E. 相关的技术规范、技术标准

97. GB/T 19000－2000族标准质量管理体系是以过程为基础建立的,其质量管理的循环过程包括(　　)。
A. 管理职责
B. 环境管理

C. 产品实现　　　　　　　　　　　　D. 资源管理

E. 安全管理

98. 下列选项属于可索赔费用中的间接费的有（　　）。

　　A. 利息　　　　　　　　　　　　　B. 税金

　　C. 保险费　　　　　　　　　　　　D. 咨询费

　　E. 利润

99. 按建设工程特点分类，可将定额分为（　　）。

　　A. 概算定额　　　　　　　　　　　B. 安装工程定额

　　C. 预算定额　　　　　　　　　　　D. 建筑工程定额

　　E. 企业定额

100. 建设工程组织非节奏流水施工时的特点包括（　　）。

　　A. 各专业工作队不能在施工段上连续作业

　　B. 各施工过程在各施工段的流水节拍不全相等

　　C. 相邻专业工作队的流水步距不尽相等

　　D. 专业工作队数小于施工过程数

　　E. 有些施工段之间可能有空闲时间

101. 施工阶段监理工程师投资控制的经济措施包括（　　）。

　　A. 落实投资控制人员的职能分工　　B. 进行工程计量

　　C. 确定工程变更价款　　　　　　　D. 审核竣工结算

　　E. 编制资金使用计划

102. 监理工程师纠偏的主要对象为（　　）原因造成的投资偏差。

　　A. 物价上涨　　　　　　　　　　　B. 设计原因

　　C. 业主原因　　　　　　　　　　　D. 客观原因

　　E. 主观原因

103. 工程建设其他费用定额包括（　　）定额。

　　A. 冬、雨季施工增加费　　　　　　B. 企业管理费

　　C. 土地征用费　　　　　　　　　　D. 建设单位管理费

　　E. 人员工资

104. 安装工程费的估算方法（　　）。

　　A. 可按设备费的比例估算　　　　　B. 可按设备吨位乘以吨安装费指标进行估算

　　C. 可用预算法估算　　　　　　　　D. 可用概算法估算

　　E. 可按实物量乘以相应的安装费指标进行估算

105. 下列说法正确的是（　　）。

　　A. 可调工料单价法和固定综合单价法在分项编号、项目名称方面是一致的

　　B. 可调工料单价法和固定综合单价法在计量单位、工程量计算方面是一致的

　　C. 可调工料单价法将工、料、机再配上预算价作为直接成本单价，间接成本、利润、

　　　　税金分别计算

　　D. 固定综合单价法将工、料、机再配上预算价作为直接成本单价，间接成本、利润、

　　　　税金分别计算

　　E. 用固定综合单价法计算工程进度款比用可调工料单价法更方便、省事

106. 基本预备费是预留的以应付在项目实施中难以预料的支出的费用，其计算以（　　）为

基础。

    A. 建设期利息   B. 设备及工器具购置费

    C. 建筑安装工程费   D. 固定资产投资方向调节税

    E. 工程建设其他费

107. 项目对社会影响的因素主要有(　　)。

    A. 居民收入   B. 居民就业

    C. 社会服务容量   D. 当地组织机构

    E. 民族风俗习惯

108. 关于可行性研究,下列说法正确的是(　　)。

    A. 可分为机会研究、初步可行性研究和可行性研究三个阶段

    B. 机会研究证明效果不佳的项目,就不必进行初步可行性研究

    C. 初步可行性研究和可行性研究的基本内容相同,只是深度、精度不同

    D. 阶段的初步可行性研究和可行性研究的内容虽然基本相同,但却不能合并进行

    E. 如果初步可行性研究结论为不可行,应在可行性研究中说明

109. 施工图预算通常分为(　　)。

    A. 建筑工程预算   B. 工业管道工程预算

    C. 设备安装工程预算   D. 特殊构筑物工程预算

    E. 电气设备安装工程预算

110. FIDIC 合同条件下,下列工程支付的报表与证书中,由承包商提交的是(　　)。

    A. 月报表   B. 竣工报表

    C. 最终报表和结清单   D. 最终付款证书

    E. 履约证书

111. 在实行国际招标的大型合同中,监理工程师编制价格调值公式的步骤包括(　　)。

    A. 分析施工中必需的投入,并决定选用一个公式还是几个公式

    B. 估计各项投入占工程总成本的相对比重

    C. 确定能代表主要投入的涨价系数

    D. 规定公式的应用范围和用法

    E. 确定合同价中固定部分和不同投入因素的物价指数的变化范围

112. 建设工程平行施工的特点包括(　　)。

    A. 施工现场的组织、管理比较复杂   B. 各专业工作队能够连续施工

    C. 能够充分地利用工作面进行施工   D. 单位时间投入的资源量较为均衡

    E. 有利于提高劳动生产率和工程质量

113. 工程网络计划的资源优化是指通过改变(　　),使资源按照时间的分布符合优化目标。

    A. 工作的持续时间   B. 工作的开始时间

    C. 工作之间的逻辑关系   D. 工作的完成时间

    E. 工作的资源强度

114. 监理单位受业主委托对建设工程设计和施工实施全过程监理时,监理工程师在设计准备阶段进度控制的任务包括(　　)。

    A. 协助业主确定工期总目标   B. 办理工程立项审批或备案手续

    C. 办理建筑材料及设备订货手续   D. 调查和分析环境及施工现场条件

    E. 编制施工图出图计划

115. 某工作计划进度与第8周末之前实际进度如下图所示，从图中可获得的正确信息有（　　）。

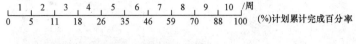

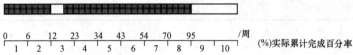

A. 原计划第3周至第6周为匀速进展　　B. 第3周前半周内未进行本工作

C. 第5周内本工作实际进度正常　　　　D. 前8周内每周实际进度均未慢于计划进度

E. 该工作已经提前完成

116. 在工程网络计划中，关键线路是指（　　）的线路。

A. 单代号搭接网络计划中相邻工作时间间隔均为零

B. 双代号网络计划中由关键节点组成

C. 单代号搭接网络计划中相邻工作时距之和最大

D. 双代号时标网络计划中没有波形线

E. 双代号网络计划中总持续时间最长

117. 工程项目年度计划的内容包括（　　）。

A. 投资计划年度分配表　　　　　　　　B. 年度计划形象进度表

C. 年、季、月进度计划表　　　　　　　D. 年度建设资金平衡表

E. 竣工投产交付使用表

118. 流水施工能够（　　）。

A. 提高劳动生产率　　　　　　　　　　B. 保证施工连续、均衡、有节奏地进行

C. 有利于资源供应的组织　　　　　　　D. 阻碍专业化施工的实施

E. 导致工人劳动强度增大

119. 下列关于双代号时标网络计划的表述，正确的有（　　）。

A. 工作箭线左端节点中心所对应的时标值为该工作的最早开始时间

B. 工作箭线中波形线的水平投影长度表示该工作与其紧后工作之间的时距

C. 工作箭线中实线部分的水平投影长度表示该工作的持续时间

D. 工作箭线中不存在波形线时，表明该工作的总时差为零

E. 工作箭线中不存在波形线时，表明该工作与其紧后工作之间的时间间隔为零

120. 为了全面、准确地掌握进度计划的执行情况，监理工程师应认真做好（　　）方面的工作。

A. 定期收集进度报表资料　　　　　　　B. 协助承包单位实施进度计划

C. 现场实地检查工程进展情况　　　　　D. 签发工程进度款支付凭证

E. 定期召开现场会议

参考答案

一、单项选择题

1	C	2	A	3	B	4	A	5	A
6	B	7	A	8	A	9	B	10	D
11	A	12	B	13	C	14	C	15	B
16	B	17	B	18	A	19	A	20	C
21	A	22	A	23	D	24	B	25	B
26	C	27	A	28	C	29	B	30	D
31	B	32	A	33	A	34	C	35	A
36	A	37	C	38	C	39	C	40	B
41	B	42	A	43	B	44	C	45	B
46	B	47	A	48	D	49	D	50	A
51	B	52	C	53	B	54	A	55	D
56	C	57	A	58	C	59	B	60	B
61	D	62	A	63	C	64	A	65	C
66	C	67	D	68	D	69	A	70	B
71	B	72	D	73	C	74	D	75	B
76	D	77	B	78	D	79	C	80	B

二、多项选择题

81	ABCE	82	DE	83	ABCD	84	ACD	85	ABCD
86	BC	87	BCD	88	ABD	89	ABDE	90	ACDE
91	ABDE	92	CDE	93	ABCE	94	ABDE	95	ACD
96	ABD	97	AC	98	ABCD	99	BD	100	BCE
101	BCDE	102	BC	103	CD	104	ABDE	105	ABCE
106	BCE	107	ABCE	108	ABC	109	AC	110	ABC
111	ABDE	112	AC	113	BD	114	AD	115	BCD
116	ADE	117	BDE	118	ABC	119	AC	120	ACE

建设工程质量、投资、进度控制（九）

一、单项选择题（共80题，每题1分。每题的备选项中，只有1个最符合题意）

1. 质量认证中的"3C"标志是（ ）。
   A. 产品合格认证标志
   B. 强制性产品认证标志
   C. 质量管理体系认证标志
   D. 国际上产品认证的通用标志

2. GB/T 19000—2000族标准质量管理原则中明确，应以（ ）为关注焦点。
   A. 领导　　　　　　B. 顾客　　　　　　C. 全员参与　　　　D. 管理过程

3. 监理工程师组织图纸会审后，应将整理成的会审问题清单在设计交底前（ ）交设计单位。
   A. 1周　　　　　　B. 2周　　　　　　C. 10天　　　　　　D. 1个月

4. 管理系统方法的三大环节是（ ）。
   A. 系统建立、系统运行、系统监督
   B. 系统开发、系统调整、系统改进
   C. 系统分析、系统工程、系统管理
   D. 系统协调、系统运作、系统再协调

5. 由监理工程师现场监督承包单位某工序全过程完成情况的活动，称为（ ）。
   A. 检查　　　　　　B. 旁站　　　　　　C. 见证　　　　　　D. 巡视

6. 组织的质量方针应由（ ）正式发布。
   A. 组织最高管理者　B. 组织决策层　　　C. 组织管理层　　　D. 组织监事会

7. 施工质量控制的系统过程，按工程实体质量形成过程的时间阶段可划分为（ ）控制。
   A. 检验批、分项工程、分部工程、单位工程
   B. 投入物质资源、施工过程、完成工程产出品
   C. 施工准备、施工过程、竣工验收
   D. 现场施工准备、作业技术准备、作业技术活动、作业技术活动结果

8. 质量管理体系文件化的范围和详略程度的决定条件不包括（ ）。
   A. 组织的模式和形式
   B. 过程的复杂性及相互作用
   C. 体系结构
   D. 人员能力

9. 监理工程师在设备试运行过程的质量控制任务主要是（ ）。
   A. 审核安装单位的试运行方案
   B. 检查安装单位的试运行结果
   C. 核查安装单位的试运行条件
   D. 监督安装单位的试运行步骤和内容

10. 砌筑、钢筋作业劳务分包企业的资质分为（ ）。
    A. 特级、一级
    B. 一级、二级、三级
    C. 一级、二级
    D. 特级、一级、二级

11. 工程质量问题出现后，为防止其进一步恶化而发生质量事故，一定要注意质量问题的（ ）。
    A. 严重性　　　　　B. 随机性　　　　　C. 可变性　　　　　D. 多发性

12. 某家庭装修时买了1000块瓷砖，每10块一盒，现在要抽50块检查其质量。若随机按盒抽取全数检查，则属于（ ）的方法。
    A. 单纯随机抽样　　B. 分层抽样　　　　C. 机械随机抽样　　D. 整群抽样

13. 在工程项目设计阶段，监理工程师应对"三废"治理工程设计方案进行审核，审核的内容中包括（　　）。

    A. 设计依据和参数   B. 设计标准和要求

    C. 项目的组成和工艺流程   D. 设计规模及建设期限

14. 质量管理体系认证机构进行文件审核的主要对象是（　　）。

    A. 质量认证申请书   B. 质量认证申请书附件

    C. 认证申请单位基本情况文件   D. 认证申请单位业绩文件

15. 某建设工程，由于工程师对竣工试验的干扰，承包商提出了索赔。就本事件，承包商可以索赔的是（　　）。

    A. 工期＋成本   B. 成本＋利润

    C. 工期   D. 工期＋成本＋利润

16. 检验及鉴定大型设备是否合格，一般要经过试运转及（　　）方能进行判断。

    A. 联动无负荷试车   B. 联动有负荷试车   C. 一定时间的运行   D. 投料试车

17. 单位工程质量验收过程中，当参加验收各方对工程质量验收出现意见分歧时，可请（　　）协调处理。

    A. 监理机构   B. 设计单位

    C. 工程质量监督机构   D. 建设单位

18. 在生产过程中，如果仅仅存在偶然性原因，而不存在系统性原因的影响，这时生产过程处于（　　）。

    A. 系统波动   B. 异常波动   C. 稳定状态   D. 随机波动

19. 施工质量控制按工程实体质量形成过程的时间阶段分为（　　）控制。

    A. 分项工程、分部工程、单位工程   B. 资源投入、生产过程、最终产品

    C. 施工准备、施工过程、竣工验收   D. 设计单位、施工单位、监理单位

20. 监理工程师在施工过程中对工序施工的跟踪监督检查与控制，主要是（　　）。

    A. 对影响工序质量的因素进行监督检查   B. 对隐蔽工程的监督检查

    C. 对质量控制点的监督检查   D. 对旁站工程的监督检查

21. 分包商的索赔应当（　　）。

    A. 计入总包服务费索赔之中

    B. 计入分包工程费之中

    C. 如数列入总承包商的索赔款总额以内

    D. 按照分包费占总工程款比例列入总承包商的索赔款总额以内

22. 若单项工程全部建筑安装工程建设期在（　　）个月以内，可以实行工程价款每月月中预支，竣工后一次结算的工程价款结算方式。

    A. 3   B. 6   C. 12   D. 24

23. 施工质量控制按工程实体形成过程中物质形态转化的阶段可分为（　　）质量控制。

    A. 施工准备、施工过程、竣工验收

    B. 分项工程、分部工程、单位工程

    C. 施工人员、建筑材料、机械设备

    D. 投入的物质资源、施工过程、完成工程产出品

24. 企业定额水平与国家、行业或地区定额的关系是（　　）国家、行业或地区定额，才能适应投标报价，增强市场竞争能力的要求。

　　A. 低于　　　　　　　B. 等于　　　　　　　C. 高于　　　　　　D. 无关于

25. 在项目财务评价中，当财务净现值(　　)时，项目方案可行。

　　A. $FNPV \leqslant 0$　　　B. $FNPV < 0$　　　C. $FNPV \geqslant 0$　　　D. $FNPV = 0$

26. 在进行建设项目财务评价时，(　　)是财务内部收益率的基准判据。

　　A. 社会贴现率　　　　　　　　　　　　B. 行业基准收益率

　　C. 行业平均投资利润率　　　　　　　　D. 行业平均资本金利润率

27. 在投资偏差的各类原因中，因增加内容而造成的投资偏差属于(　　)。

　　A. 设计原因　　　B. 业主原因　　　C. 施工原因　　　D. 客观原因

28. 编制按(　　)分解的资金使用计划，通常可利用控制项目进度的网络图进一步扩充而得。

　　A. 子项目　　　B. 时间进度　　　C. 投资构成　　　D. 形象进度

29. 联动无负荷试车费属于(　　)。

　　A. 建设单位的设备购置费　　　　　　　B. 建设单位的联合试运转费

　　C. 建设单位的研究试验费　　　　　　　D. 施工单位的设备安装工程费

30. 根据 FIDIC 合同条件，如果在(　　)以后，由于国家或地方的任何法规、法令、政令等发生变更，导致承包商成本上升，承包商由此增加的开支，业主应予补偿。

　　A. 投标截止日期前的 28 天　　　　　　B. 投标截止日期前 30 天

　　C. 授标　　　　　　　　　　　　　　　D. 投标

31. 工程竣工决算的编制单位和部门是(　　)。

　　A. 承包方的预算部门　　　　　　　　　B. 承包方的财务部门

　　C. 项目业主的预算部门　　　　　　　　D. 项目业主的财务部门

32. 依据投资概算核拨的项目铺底流动资金，由(　　)移交使用单位。

　　A. 建设单位　　　B. 监理单位　　　C. 施工单位　　　D. 监督管理部门

33. 在初步可行性研究阶段，基础数据估算允许的误差为(　　)。

　　A. ±30%　　　B. ±20%　　　C. ±10%　　　D. ±5%

34. 国家标准是指(　　)。

　　A. 在全国各行业范围内需要统一的标准设计

　　B. 在全国范围内需要统一的标准设计

　　C. 在各地区范围内需要统一的标准设计

　　D. 在设计单位范围内需要统一的标准设计

35. 下列说法不正确的是(　　)。

　　A. 工程量清单计价格式应由投标人填写

　　B. 措施项目清单计价表投标人可自行增加项目

　　C. 封面应按规定内容填写、签字、盖章

　　D. 工程量清单计价格式由投标人选定

36. 计量的几何尺寸要以设计图纸为依据，监理工程师对承包商超出设计图纸要求增加的工程量和自身原因造成返工的工程量(　　)。

　　A. 竣工结算后计量　　　　　　　　　　B. 经业主审定批准后计量

　　C. 协商决定计量　　　　　　　　　　　D. 不予计量

37. 如果由于设计方案发生重大变更，使预算严重突破批准的概算，则(　　)。

　　A. 设计变更产生的费用全部由基本预备费解决

　　B. 应在不超过总投资的前提下，严格控制设计变更

C. 应重新编制或修改初步文件，另行编制修改初步设计的概算报原审批单位审批

D. 应在不超过总投资的前提下，重新编制或修改初步文件

38. 先亏后盈法不适用于( )。

A. 承包人实力虽然不强，但想占领某一市场

B. 承包人实力雄厚

C. 承包人有较好的资信条件

D. 承包人有强大的财团作后盾

39. 工程索赔计算时最常用的方法是( )。

A. 总费用法　　　　B. 修正的总费用法　　C. 实际费用法　　　　D. 协商法

40. 根据我国税法规定，从国外进口的设备，其增值税按照( )计算其应纳税额。

A. 离岸价格　　　　B. 到岸价格　　　　　C. 组成计税价格　　　D. 交货价

41. 项目的( )计算结果越大，表明其盈利能力越强。

A. 财务净现值　　　B. 投资回收期　　　　C. 盈亏平衡点　　　　D. 借款偿还期

42. 施工进度计划应当由( )审查。

A. 项目经理　　　　B. 项目法人　　　　　C. 监理工程师　　　　D. 项目总工程师

43. 在施工进度计划的调整措施中，增加劳动力和施工机械数量属于( )。

A. 组织措施　　　　B. 技术措施　　　　　C. 经济措施　　　　　D. 配套措施

44. 根据《建设工程工程量清单计价规范》(GB 50500—2003)的规定，( )不包括在分部分项工程量清单中。

A. 项目编码　　　　B. 项目名称　　　　　C. 工程数量　　　　　D. 综合单价

45. 某建设项目的净现金流量见下表，则该项目的静态投资回收期为( )年。

现金流量表

(单位：万元)

年份	1	2	3	4	5
净现金流量	−200	80	40	60	80

A. 3.33　　　　　　B. 4.25　　　　　　　C. 4.33　　　　　　　D. 4.75

46. 当初步设计达到一定深度、建筑结构比较明确时，宜采用( )编制建筑工程概算。

A. 预算单价法　　　B. 概算指标法　　　　C. 类似工程预算法　　D. 扩大单价法

47. 对于承包商来说，下列合同中风险最小的是( )合同。

A. 可调总价　　　　　　　　　　　　　　B. 可调单价

C. 成本加奖罚　　　　　　　　　　　　　D. 成本加固定金额酬金

48. 根据《建设工程施工合同(示范文本)》，当合同中没有适用或类似于变更工程的价格时，变更价格由( )确认后，作为结算的依据。

A. 承包人提出，经工程师　　　　　　　　B. 承包人提出，经发包人

C. 工程师提出，经发包人　　　　　　　　D. 发包人提出，经工程师

49. 监理工程师控制物资供应进度时，组织编制的物资供应招标文件的内容不包括( )。

A. 图纸　　　　　　　　　　　　　　　　B. 规定的投标书格式

C. 分包条件　　　　　　　　　　　　　　D. 包装及运输方面的要求

50. 在建设工程进度调整的系统过程中，当分析进度偏差产生的原因之后，首先需要( )。

A. 确定后续工作和总工期的限制条件

B. 采取措施调整进度计划

C. 实施调整后的进度计划

D. 分析进度偏差对后续工作和总工期的影响

51. 在工程网络计划中，关键线路是指（   ）的线路。

    A. 双代号网络计划中由关键节点组成   B. 单代号网络计划中由关键工作组成

    C. 单代号搭接网络计划中时距之和最大   D. 双代号时标网络计划中无波形线

52. 采用非匀速进展横道图比较法比较工作实际进度与计划进度时，涂黑粗线的长度表示该工作的（   ）。

    A. 计划完成任务量   B. 实际完成任务量   C. 实际进度偏差   D. 实际投入的时间

53. 监理工程师编制的施工进度控制工作细则所包括的内容之一是（   ）。

    A. 施工进度控制目标分解图   B. 施工机械进场时间安排

    C. 施工准备工作时间安排   D. 施工资源需求进度计划表

54. 在建设工程施工阶段，为了减少或避免工程延期事件的发生，监理工程师应（   ）。

    A. 提醒业主履行施工合同中的职责   B. 及时支付工程进度款

    C. 及时提供施工场地及设计图纸   D. 及时供应建筑材料及设备

55. 在工程网络计划中，判别关键工作的条件是该工作（   ）。

    A. 结束时间与紧后工作开始之间的时距最小

    B. 开始时间与其紧前工作之间的时间间隔为零

    C. 结束时间与其紧后工作之间的时间间隔为零

    D. 最迟开始时间与最早开始时间的差值最小

56. 某分部工程有 3 个施工过程，各分为 4 个流水节拍相等的施工段，各施工过程的流水节拍分别为 6 天、6 天、4 天。如果组织加快的成倍节拍流水施工，则流水步距和流水施工工期分别为（   ）天。

    A. 2 和 22   B. 2 和 30   C. 4 和 28   D. 4 和 36

57. 在工程网络计划执行过程中，当某项工作实际进度出现的偏差超过其总时差，需要采取措施调整进度计划时，首先应考虑（   ）的限制条件。

    A. 紧后工作最早开始时间   B. 后续工作最早开始时间

    C. 各关键节点最早时间   D. 后续工作和总工期

58. 安装图设计时间目标属于（   ）阶段的时间目标。

    A. 初步设计   B. 技术设计   C. 施工图设计   D. 设计准备

59. 建设工程组织流水施工时，其特点之一是（   ）。

    A. 由一个专业队在各施工段上依次施工

    B. 同一时间段只能有一个专业队投入流水施工

    C. 各专业队按施工顺序应连续、均衡地组织施工

    D. 施工现场的组织管理简单，工期最短

60. 在工程网络计划中，工作 M 的最迟完成时间为第 25 天，其持续时间为 6 天。该工作有三项紧前工作，它们的最早完成时间分别为第 10 天、第 12 天和第 13 天，则工作 M 的总时差为（   ）天。

    A. 6   B. 9   C. 12   D. 15

61. 在某工程双代号时标网络计划中，除以终点节点为完成节点的工作外，工作箭线上的波形线表示（   ）。

    A. 工作的总时差

    B. 工作与其紧前工作之间的时间间隔

    C. 工作的持续时间

    D. 工作与其紧后工作之间的时间间隔

62. 监理工程师施工进度控制工作细则中所包括的内容有(　　)。

    A. 明确划分施工段的要求

    B. 工程进度款支付的时间与方式

    C. 进度检查的周期与进度报表的格式

    D. 材料进场的时间与检验方式

63. 流水强度是指(　　)。

    A. 某施工过程(专业工作队)在单位时间内所完成的工程量

    B. 某施工过程(专业工作队)在计划期内所完成的工程量

    C. 整个建设工程在计划期内单位时间所完成的工程量

    D. 整个建设工程在计划期内投入的多种资源量所完成的工程量

64. 在工程网络计划中,如果某工作的自由时差刚好被全部利用时,则会影响(　　)。

    A. 本工作的最早完成时间

    B. 其平行工作的最早完成时间

    C. 其紧后工作的最早完成时间

    D. 其后续工作的最早完成时间

65. 在双代号或单代号网络计划中,工作的最早开始时间应为其所有紧前工作(　　)。

    A. 最早完成时间的最大值

    B. 最早完成时间的最小值

    C. 最迟完成时间的最大值

    D. 最迟完成时间的最小值

66. 在建设工程施工阶段,监理工程师进度控制的工作内容包括(　　)。

    A. 编制施工图供图进度计划

    B. 按年、季、月编制工程综合计划

    C. 编制分部工程施工进度计划

    D. 编制各项资源需要量计划

67. 在工程网络计划中,如果某项工作拖延的时间超过其自由时差,则(　　)。

    A. 必定影响其紧后工作的最早开始时间

    B. 必定影响工程总工期

    C. 该项工作必定变为关键工作

    D. 对其后续工作及工程总工期无影响

68. 在施工进度控制目标体系中,用来明确各单位工程的开工和交工动用日期,以确保施工总进度目标实现的子目标是按(　　)分解的。

    A. 项目组成　　　　B. 计划期　　　　C. 承包单位　　　　D. 施工阶段

69. 监理工程师受业主委托对物资供应进度进行控制时,其工作内容包括(　　)。

    A. 监督检查订货情况,协助办理有关事宜

    B. 确定物资供应分包方式及分包合同清单

    C. 拟定并签署物资供应合同

    D. 确定物资供应要求,并编制物资供应投标文件

70. 监理工程师受业主委托对工程设计进行监理,应实施(　　)。

    A. 静态控制　　　　B. 动态控制　　　　C. 主动控制　　　　D. 被动控制

71. 某承包商承揽了一大型建设工程的设计和施工任务,在施工过程中因某种原因造成实际进度拖后,该承包商可以据此提出工程延期的是(　　)。

    A. 施工图纸未按时提交

    B. 检修、调试施工机械

    C. 地下埋藏文物的保护、处理

    D. 设计考虑不周而变更设计

72. 建设工程物资供应计划的编制应(　　)。

    A. 在确定计划需求量的基础上,经综合平衡后完成

    B. 在确定工程项目建设总进度计划的基础上完成

    C. 根据申请与订货计划的落实情况,经综合平衡后完成

    D. 根据审批后的施工总进度计划,经综合平衡后完成

73. 在工程建设的( )阶段，需要确定工程项目的质量要求，并与投资目标相协调。
    A. 项目建议书　　　　B. 可行性研究　　　　C. 项目决策　　　　D. 勘察、设计

74. 编制物资需求计划的依据包括( )。
    A. 物资供应计划　　　B. 物资储备计划　　　C. 工程款支付计划　　D. 项目总进度计划

75. 在建设工程进度调整过程中，调整进度计划的先决条件是( )。
    A. 确定原合同条件调整的范围　　　　　　B. 确定可调整进度的范围
    C. 确定原合同价款调整的范围　　　　　　D. 确定承包单位成本的增加额

76. 在工程网络计划的执行过程中，如果需要确定某项工作进度偏差影响总工期的时间，应根据( )的差值进行确定。
    A. 自由时差与进度偏差　　　　　　　　　B. 自由时差与总时差
    C. 总时差与进度偏差　　　　　　　　　　D. 时间间隔与进度偏差

77. 在建设工程施工阶段，由于承包商自身的原因造成工期延误时，监理工程师对承包商修改后的进度计划的批准意味着( )。
    A. 同意延长施工合同工期　　　　　　　　B. 免除承包商的误期损失赔偿
    C. 确认承包商在合理的状态下施工　　　　D. 同意支付承包商赶工的全部额外开支

78. 当实际施工进度发生拖延时，为加快施工进度而采取的组织措施可以是( )。
    A. 改善劳动条件及外部配合条件　　　　　B. 更换设备，采用更先进的施工机械
    C. 增加劳动力和施工机械的数量　　　　　D. 改进施工工艺和施工技术

79. 在建设工程施工阶段，按项目组成分解建设工程施工进度总目标是指( )。
    A. 明确各承包商之间的工作交接条件和时间
    B. 确定各单位工程的开工及交工动用日期
    C. 明确设备采购及安装等各阶段的起止时间标志
    D. 确定年度、季、月工程量及形象进度

80. 在建设工程施工过程中，加快施工进度的技术措施可以是( )。
    A. 增加施工机械的数量　　　　　　　　　B. 采用更先进的施工机械
    C. 实施强有力的施工调度　　　　　　　　D. 改善外部配合条件

二、多项选择题 (共40题，每题2分。每题的备选项中，有2个或2个以上符合题意，至少有1个错项。错选，本题不得分；少选，所选的每个选项得0.5分)

81. 与供方互利关系原则是 GB/T 19000—2000 族标准质量管理应遵循的原则之一。实施这一原则的措施包括( )。
    A. 识别并选择重要供方，考虑眼前和长远利益
    B. 与重要供方达成长期合作协议
    C. 创造一个畅通和公开的沟通渠道，及时解决问题，联合改进活动
    D. 与重要供方共享专门技术、信息和资源
    E. 激发、鼓励和承认供方的改进及其成果

82. 下列关于质量方针的说法，正确的是( )。
    A. 质量方针是由最高管理者发布的
    B. 质量方针是组织的总的质量宗旨和方向
    C. 质量方针规定的内容应当简洁和精确
    D. 决策者、执行者必须清楚地解释本组织的质量方针、质量目标的内涵
    E. 质量方针应得到所有层次人员的全力支持

83. 监理工程师应检查施工承包单位试验室的（ 　　 ）。
    A. 资质证明文件
    B. 试验、检测设备仪器是否能满足工程质量检查要求
    C. 法定计量部门标定的证明文件是否在有效期内
    D. 管理制度是否齐全，人员上岗资质证明等
    E. 承包单位在试验室所开展的试验、检测项目等

84. 质量管理体系资源管理的内容包括（ 　　 ）。
    A. 资源的提供
    B. 人力资源管理
    C. 设施的识别与管理
    D. 工作环境的识别与管理
    E. 资源的过程管理

85. 监理工程师对勘察成果的审核与评定是勘察阶段最重要的监理工作，勘察成果应（ 　　 ）。
    A. 按规定的程序进行审批
    B. 经过专家评审后再提交给监理工程师审核
    C. 按质量管理有关程序进行检查和验收
    D. 满足技术标准和合同规定的要求
    E. 满足勘察任务书的要求

86. 施工过程中，对材料构配件见证取样的要求包括（ 　　 ）。
    A. 从事取样的人员必须是专职质检人员
    B. 送往试验室的样品要填"送验单"
    C. 样品需加封后送往试验室
    D. 负责见证取样的监理工程师要在质量监督机构备案
    E. 见证取样的试验费用由承包单位支付

87. 我国产品质量认证标志包括（ 　　 ）。
    A. 方圆标志
    B. 3C 标志
    C. 长城标志
    D. PRC 标志
    E. Quairy Control 标志

88. 工程质量会受到各种因素的影响，下列属于系统性因素的有（ 　　 ）。
    A. 使用不同厂家生产的规格型号相同的材料
    B. 机械设备过度磨损
    C. 设计中的安全系数过小
    D. 施工虽然按规程进行，但规程已更改
    E. 施工方法不当

89. 分项工程质量验收记录应有（ 　　 ）签字。
    A. 施工班组长
    B. 监理工程师
    C. 项目经理
    D. 项目专业质检员
    E. 项目专业技术负责人

90. 质量控制的静态分析法有（ 　　 ）。
    A. 分层法
    B. 排列图法
    C. 因果分析图法
    D. 直方图法
    E. 控制图法

91. 在建设工程施工阶段投资控制中，进行偏差分析的方法有（ 　　 ）。
    A. 横道图法
    B. 网络图法
    C. 表格法
    D. 挣值法

　　E. 赢值法

92. 对于不合格的处理，要做到（　　）。

　　A. 上道工序不合格，不准进入下道工序施工

　　B. 不合格的材料、构配件、半成品不允许使用

　　C. 对已进场的不合格品限期清除出现场

　　D. 对不合格检验批要给予清除

　　E. 不合格的工序或工程产品不予计价

93. 工程项目竣工投入运营后，所花费的总投资应按照会计制度和有关税法的规定，形成相应的资产，包括（　　）。

　　A. 固定资产　　　　　　　　　　　　B. 无形资产

　　C. 流动资产　　　　　　　　　　　　D. 净现资产

　　E. 其他资产

94. 影响工程质量的因素很多，主要有 4M1E，即人员素质、（　　）。

　　A. 材料　　　　　　　　　　　　　　B. 机械设备

　　C. 方法　　　　　　　　　　　　　　D. 评价方法

　　E. 环境条件

95. 审查施工组织设计时应掌握的原则有（　　）。

　　A. 质量第一、安全第一　　　　　　　B. 针对性和可操作性

　　C. 技术方案的先进性　　　　　　　　D. 施工措施是否切实可行

　　E. PDCA 循环

96. 设计标准的作用包括（　　）。

　　A. 对项目规模、内容、建造标准进行控制　　B. 减少设计工程量和预算工程量

　　C. 提高设计效率　　　　　　　　　　D. 提高建筑物功能，降低成本

　　E. 促进建筑工业化，装配化，加快建设速度

97. 工程施工招标的标底可由（　　）编制。

　　A. 招标单位　　　　　　　　　　　　B. 招标管理部门

　　C. 定额管理部门　　　　　　　　　　D. 承包商

　　E. 委托具有编制标底资格和能力的机构

98. 某大型工程项目，其竣工财务决算表中的（　　）等项目应填列自开工建设至竣工为止的累计数。

　　A. 交付使用资产　　　　　　　　　　B. 资产净现值

　　C. 项目资本　　　　　　　　　　　　D. 基建投资借款

　　E. 其他借款

99. 项目环境调查主要包括（　　）。

　　A. 自然环境　　　　　　　　　　　　B. 经济环境

　　C. 社会环境　　　　　　　　　　　　D. 特殊环境

　　E. 生态环境

100. 进度计划执行中，判断某项工程进度偏差对后续工作、总工期的影响程度，重点是分析（　　）。

　　A. 此项工作是否位于关键线路上　　　B. 此项工作的进度偏差与质量的关系

　　C. 此项工作的进度偏差是否大于总时差　　D. 此项工作的进度偏差是否大于自由时差

E. 此项工作的资源供应情况

101. 多方案报价法适用于（　　）。

    A. 招标文件、合同条款不够明确　　　B. 招标文件、合同条款明确

    C. 技术规范要求过于苛刻　　　D. 业主要求必须按技术规范要求施工

    E. 合同条款不很公正

102. 下列费用中，（　　）不属于项目静态投资。

    A. 办公和生活家具购置费　　　B. 固定资产投资方向调节税

    C. 建设期利息　　　D. 利率、汇率调整预备费

    E. 竣工验收时为鉴定工程质量对隐蔽工程进行必要的挖掘和修复费用

103. 下列关于工程量清单的作用，说法正确的有（　　）。

    A. 提供公开的竞争环境　　　B. 为办理工程结算提供了依据

    C. 编制估算指标的基础　　　D. 询标评标的基础

    E. 编制标底的依据

104. 按《建筑安装工程费用项目组成》（建标〔2003〕206 号）规定，措施费包括（　　）。

    A. 环境保护费　　　B. 文明施工费

    C. 混凝土添加剂的费用　　　D. 安全施工费

    E. 脚手架摊销费

105. 建设项目财务评价中的盈利能力分析指标包括（　　）。

    A. 财务内部收益率　　　B. 利息备付率

    C. 投资回收期　　　D. 借款偿还期

    E. 财务净现值

106. 某工程项目的计划进度和截止到第 8 周末的实际进度如下图所示（双线条表示计划进度，单线条表示实际进度）。如果各项工作均为匀速进展，则截止到第 8 周末（　　）。

工作名称	持续时间	进度计划/周											
		1	2	3	4	5	6	7	8	9	10	11	12
A	5												
B	6												
C	5												
D	4												
E	3												

检查日期

    A. 工作 A 已完成　　　B. 工作 B 的实际进度拖后 2 周

    C. 工作 C 的实际进度正常　　　D. 工作 D 尚未开始

    E. 工作 E 的实际进度正常

107. 在工程网络计划中，关键线路上（　　）。

    A. 相邻两项工作之间的时间间隔全部为零

    B. 工作的持续时间总和即为计算工期

    C. 工作的总时差等于计划工期与计算工期之差

    D. 相邻两项工作之间的时距全部为零

    E. 节点的最早时间等于最迟时间

108. 某工程双代号网络计划如下图所示，图中已标出每项工作的最早开始时间和最迟开始时间，该计划表明（　　）。

    A. 关键线路有 2 条　　　　　　　　B. 工作 1—3 与工作 3—6 的总时差相等

    C. 工作 4—7 与工作 5—7 的自由时差相等　D. 工作 2—6 的总时差与自由时差相等

    E. 工作 3—6 的总时差与自由时差不等

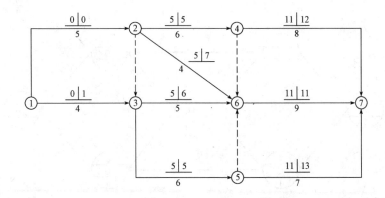

109. 在工程项目进度控制计划系统中，由建设单位负责编制的计划表包括（　　）。

    A. 工程项目进度平衡表　　　　　　B. 年度计划形象进度表

    C. 年度建设资金平衡表　　　　　　D. 项目动用前准备工作计划表

    E. 工程项目总进度计划表

110. 工程网络计划工期优化的目的是为了（　　）。

    A. 缩短计算工期　　　　　　　　　B. 寻求资源有限条件下的最短工期

    C. 寻求资源均衡条件下的最优工期　D. 寻求最低成本时的最优工期

    E. 在一定约束条件下使工期最短

111. 某工程双代号网络计划图如下图所示，图中已标出每项工作的最早开始时间和最迟开始时间，该计划表明（　　）。

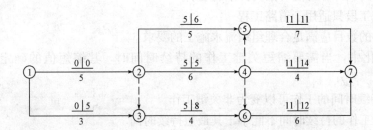

    A. 工作 2—4 的总时差为零　　　　　B. 工作 6—7 为非关键工作

    C. 工作 3—6 的自由时差为 3　　　　D. 工作 2—5 的自由时差为零

    E. 工作 1—3 的自由时差为 2

112. 工程项目年度计划是依据工程项目建设总进度计划和批准的设计文件编制的、用来合理安排本年度建设工程进度的计划。其主要内容包括（　　）。

A. 投资计划年度分配表   B. 竣工投产交付使用计划表

C. 工程项目进度平衡表   D. 年度建设资金平衡表

E. 工程项目一览表

113. 对工程网络计划进行资源优化，其目的是使该工程(　　)。

A. 资源需用量最少   B. 资源需用量尽可能均衡

C. 资源强度最低   D. 满足资源限量要求

E. 总工期缩短

114. 某分部工程单代号网络计划图如下图所示，其中关键工作有(　　)。

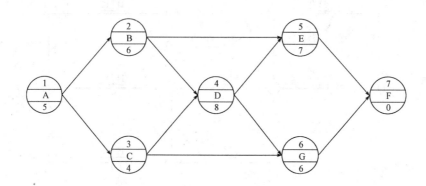

A. 工作 B   B. 工作 C

C. 工作 D   D. 工作 E

E. 工作 G

115. 为了减少或避免工程延期事件的发生，监理工程师应做好的工作包括(　　)。

A. 及时下达工程开工令   B. 及时提供施工场地

C. 妥善处理工程延期事件   D. 提醒业主履行自己的职责

E. 及时支付工程进度款

116. 组织流水施工时，划分施工段的原则是(　　)。

A. 能充分发挥主导施工机械的生产率

B. 根据各专业队的人数随时确定施工段的段界

C. 施工段的段界尽可能与结构界限相吻合

D. 划分施工段只适用于道路工程

E. 施工段的数目应满足合理组织流水施工的要求

117. 在费用优化中，当需要缩短关键工作的持续时间时，其缩短值的确定应符合(　　)原则。

A. 缩短持续时间的工作可以变为非关键工作

B. 缩短后工作的持续时间不能小于其最短持续时间

C. 缩短后工作的持续时间不能小于其最长持续时间

D. 缩短持续时间的工作不能变为非关键工作

E. 缩短的时间不能大于其紧后工作持续时间

118. 设计单位的选定可以采用(　　)等方式。

A. 直接指定   B. 设计招标

C. 设计方案竞赛   D. 询价

E. 合作

119. 下列关于监理工程师对承包单位施工进度计划的审查或批准的说法，正确的有（　　）。

A. 不解除承包单位对施工进度计划的任何责任和义务

B. 承包单位不承担任何责任和义务

C. 监理工程师可以提出建设性意见

D. 监理工程师可以干预承包单位的进度安排

E. 监理工程师不可以支配施工中所需要的劳动力、设备和材料

120. 当施工进度计划初始方案编制好后，需要对其进行检查与调整，以便使进度计划更加合理，进度计划检查的主要内容包括（　　）。

A. 各项工作项目的施工顺序、平行搭接和技术间歇是否合理

B. 总工期是否满足合同要求

C. 主要工种的工人能否满足连续、均衡施工的要求

D. 主要机具、材料等的利用是否均衡和充分

E. 主要资源的供应能否得到保证

参考答案

一、单项选择题

1	B	2	B	3	A	4	C	5	C
6	A	7	C	8	C	9	D	10	C
11	C	12	D	13	A	14	B	15	D
16	C	17	C	18	C	19	C	20	A
21	C	22	C	23	D	24	C	25	C
26	B	27	B	28	B	29	D	30	A
31	D	32	A	33	B	34	B	35	D
36	D	37	C	38	A	39	C	40	C
41	A	42	C	43	A	44	D	45	B
46	D	47	D	48	A	49	C	50	D
51	D	52	D	53	A	54	A	55	D
56	A	57	D	58	C	59	C	60	A
61	D	62	C	63	A	64	A	65	A
66	B	67	A	68	A	69	A	70	B
71	C	72	A	73	B	74	D	75	B
76	C	77	C	78	C	79	B	80	B

二、多项选择题

81	ACDE	82	ACDE	83	ABCD	84	ABCD	85	ACDE
86	BCDE	87	ABCD	88	BCDE	89	BE	90	ABDE
91	ACE	92	ABCE	93	ABCE	94	ABCE	95	ABCD
96	ACE	97	AE	98	ACDE	99	ACDE	100	ACD
101	ACE	102	BCD	103	ABDE	104	ABDE	105	ACE
106	BCD	107	AC	108	ABD	109	ABCE	110	AE
111	ABE	112	BD	113	BD	114	ACD	115	ACD
116	ACE	117	BD	118	ABC	119	ACE	120	ABCD